D E A R + N O V E L

晴れの日にも逢おう

篠野 碧
Midori SASAYA

新書館ディアプラス文庫

S H I N S H O K A N

晴れの日にも逢おう

目次

イラストレーション／みずき健

☼ 晴れの日にも逢おう

毎朝、起床は六時。眉《まゆ》をチェックして、必要ならばちょこっと整える。風紀の取り締まりに引っ掛からない程度に色を抜いた髪を、気合い入れてブロー。っつっても、それでここまで早起きする必要はない。

でも、しゃーないんだよな。だって、毎朝六時になると、二階にある俺の部屋の窓からバッチリ見下ろせる隣家の庭で、あいつがバットを手に素振《すぶ》りしてたりするんだもん。今日なんか雨だぜ？　それなのに、毎朝頑張《がんば》ること。それをこっそり眺《なが》める為《ため》に毎朝早起きしてる俺も充分頑張ってるって感じだけどさ。

——灘元裕美《なだもとひろみ》。ハンサムで成績優秀ってだけでなく、大して強くもなかった我嵩澤《たかさわ》高校野球部に去年夏の全国高校野球選手権大会地区予選で嘗《かつ》てない功績を上げさせたと思ったら、この春の選抜高校野球大会では甲子園にまで連れてっちまったっちゅう立志伝《りっしでん》中の人物のような奴《やつ》。

まぁ、あっちこっちの甲子園常連高校からスカウトがあったくらいだから、中学時代から裕美は野球じゃ有名人だったんだけどね。しかし、甲子園初出場で『現高校野球界一の強打者《スラッガー》』なんて素晴らしい評価までいただいちゃうなんてなぁ。打者としてだけじゃなく、投手としてもかなりなもんってことだし。

ワンマンチームは要《かなめ》がそれぐらいじゃなきゃ、いくら運によるとこがデカかったとはいえ甲子園の土は踏めないんだろうけどさ。それにしたって、そこまでヒーローされっと昔のあいつは俺の記憶違いだったのかって思いたくなる。

ガキの頃は裕美って、小さくて、女の子みたいで、実際、ピンクなんかが似合っちゃったりしててさ。おまけに名前も『裕美』なもんだから、俺はガキの頃、ずっと裕美を女だと信じてたんだ。

だってさ、ピンクはピンクでもパステルピンクのエプロンドレスみたいのを年中着てて、それがめっちゃ似合ってて、可愛《かわい》くてさ。わざわざ『この子は男です』って断ることでもないから、誰も裕美が女じゃないなんて教えてくれなかったし……だから……つまり……とにかく、ガキの頃の裕美は俺にとっちゃ激マブの女の子だったんだよ！

すっげぇ勘違いの——初恋。でも、大袈裟《おおげさ》じゃなく、子供の頃の裕美は人形みたいに可愛かった。それなのに、男の成長期ってのは容赦《ようしゃ》がないもんで、中学に入った途端、裕美の身長はメキメキと伸びだして、いきなしガタイも良くなっちまって、声変わりの時期なんかは……思い出したくもない。

野球は小学校の高学年から始めてたけど、それでもその頃は女みたいな奴が野球なんかやってってな感じだったんだ。それが今じゃ、高校野球界一の強打者《スラッガー》？　その上、投手《ピッチャー》としても中々なもんです…ってか？　ケッてんだ。

可愛かったんだ。子供の頃の裕美は本当に本当に可愛くて、それなのに今は男から見ても充分カッコイイってどーゆうこと？　大勘違いの初恋だったけど、これじゃ俺の初恋、終わらないじゃん。

もし裕美が、権造《ゴンゾウ》とか源三郎《ゲンザブロウ》とか、そーゆう名前だったら、俺も最初から馬鹿な勘違いしないで、これまた大馬鹿な初恋に嵌《は》まるなんてこともなかったのに……なんて、今更《いまさら》考えるだけ虚《むな》しい。だから、この虚しさを脱する為に、俺は努力の日々。

何を努力してるのかって？　そりゃ、ズバリ、新しい恋を見つける努力でしょう。

だって、男同士だぜ？　どんなことしたって報《むく》われる訳《わけ》ないじゃん。それに、俺だって相手が裕美じゃなけりゃ男なんて好きじゃない。ホモなんて御免《ごめん》だ。だったら、報われない初恋なんかはさっさと捨てて、将来性のある恋に生きたいってのが人情。

その結果、俺も裕美ほどじゃないにしろ有名人…ってか？　沢辺由樹《さわべよしき》は嵩澤高校始まって以来の遊び人《プレイボーイ》。顔に物を言わせて、女の子を取っ替え引っ替えしてのデート三昧《ざんまい》。それなのに、雨が降ったら『雨の日にデートなんてかったるい』の一言で約束をほかす我儘《わがまま》勝手者、ってね。

プレイボーイなんてするつもりなかったけど、昔の裕美以上に可愛い娘に巡《めぐ》り会《あ》えないから、昔の裕美以上に可愛い娘を求めて次々色々な娘とデートしてたら、まぁ……世間にそう評価されちゃったのは仕方のないことかな？　でも、現在の恋から脱するには新しい恋が一番なんだから、可能性を求めることをやめられない以上、行動も改められない。

雨が降ったら『雨の日にデートなんてかったるい』の一言で約束をほかすってのは……これは我ながらよろしくないわな。これは改めなきゃいかん。改め……たいんだけどなぁ。

それなのに、今日は雨。窓の下、雨の糸を切るようにバットを振る裕美の姿に、俺は溜息《ためいき》。

改めたいと思っていても、理性で煩悩《ぼんのう》を打ち破れるような年齢じゃない。ああ、今日は千晴《ちはる》ちゃんとデートだった筈《はず》なんだけどな。ごめん、千晴ちゃん。だって今日ってば雨なんだもん。

窓辺に貼りついてた俺は、素振りしている裕美から視線を外して空へと向ける。

雨を降らせているどんよりとした灰色の雲に嬉《うれ》しくなってちゃ拙《まず》いんだけどな。だからって、空模様に合わせて無理矢理憂鬱《ゆううつ》になれるってもんでもないから、一先《ひとま》ず溜息だけついとくか。

憂鬱なふりってゆーよりも、自己嫌悪の溜息ってヤツ。

再び視線を空から裕美へと戻した俺は、そこでドキッ。な…なんだって裕美が、俺の部屋の窓なんて見上げてんだよ？　目が……目が合っちまったじゃねーか！

俺は咄嗟《とっさ》に窓の下に隠れそうになって、それより早く裕美から声を掛けられたもんだから、既《すんで》の所で床に突っ伏《つっぷ》すのを堪《こら》えた。

「よう、由樹！　今朝《けさ》は早いんだな!!」

ガラス越しの声に、『今朝は』じゃなくて毎朝この時刻にはしっかり起きてて、おまえを眺めてるよ……なんて言えないから、俺は何気ないふうを装って窓を開けた。

「雨の音に起こされたんだよ」

「雨の音？　この程度の雨でか？」

「なんとなく感じることもあるって。しっかし、おまえこそ雨が降ってるのによくやるなぁ」

「習慣だよ」

「習慣なんかで風邪ひいたら大笑いだぞ」

「残念ながら、それほどデリケートじゃないんでね」

冗談ぽく笑った笑顔まで……カッコイイじゃねーか。

会話自体はいつもの乗りだし、裕美とはこの後で毎朝一緒に登校してんだけどさ。登校の時は二人きりじゃないし、それに、その……だから！　フェイントで目が合って、フェイントでの二人っきりの会話に、俺、顔色変えないの大変なんだぞ!!

こんな気持ち、おまえにゃわからないだろ？　わかられたって困るんだけどさ。

裕美は空から落ちてくる雨を受けとめるように、片手をバットから離して掌《てのひら》を上向きにして宙に差し出した。

「なんとなく雨の音を感じた…ねぇ。おまえもそれほどデリケートなタイプとは思えないけどな。午後まで降り続いたら流れるデートが未練だったか？」

「まぁ、そーゆうこと…かな？」

「未練に思うぐらいだったら、雨でもデートすりゃいいじゃないか」

「……傘《かさ》持ってデートなんて鬱陶《うっとう》しいじゃん」

俺の台詞《セリフ》に、裕美は呆《あき》れたような苦笑をした後、バットを握り直して素振りを再開した。

「大した未練もあったもんだ」

悪かったな。それもこれも、誰のせいだと思ってんだよ？

――裕美のせいじゃない。全部、優柔不断な俺のせいだ。でも、フェイントの会話に自己制御する暇《ひま》もなくドキドキしちゃったら、現在の俺にとっての最高のデートより未来の為のデートを優先するなんて一層出来ないよ。

面倒だからデートをほかす訳じゃない。でも、本当の理由なんて言えないから、世間の批難にも甘んじてるしかないんだぜ？

男同士で、幼馴染みで、そんな奴相手にドキドキしてるなんて、我ながらやんなっちまう。それでも、今朝のコレはやっぱりラッキーだ。

会話を打ち切って素振りに集中し始めた裕美を、俺は会話の余韻《よいん》を引《ひ》き摺《ず》って、開けた窓の縁《へり》に両肘《りょうひじ》をついて見学。

あっ、ブローした髪、まだヘアスプレーでキープしてなかった。けど、このラッキーにゃ代えられないから、雨の湿気でお釈迦《しゃか》になったスタイリングはいざとなったら朝飯を諦《あきら》めてブローしなおすさ。

俺、この初恋から抜け出したいって思ってるのに……。それでも、この初恋はまだ現在進行形なんだよなぁ。

矛盾《むじゅん》してるってわかってるけど、だって今日は雨だから――…。

「朝から雨ってことは、今日デート予定だった娘にちゃんとお詫《わ》びする時間はあるってことよね？　タイミング良くデートの予定が入ってなかったならいいんだけど、幼馴染みとしてユキちゃんのドタキャンは目に余りすぎるから…って、当日になって断るなんてのは、どんなに丁寧にお詫びしても充分ドタキャンだけどね」

裕美と共に幼馴染みである戸波沙貴子《となみさきこ》は、手にしていた傘の柄《え》をクルリと回すと、にっこりと凶悪な微笑《ほほえ》みで俺に言った。

「うっせーな。沙貴子には関係ないだろ」

「そう、ユキちゃんが自分の悪行で自分の評価を下げるのなんて、あたしには関係ないわよ。それでも幼馴染みってだけで一応忠告してあげてるんだから親切でしょ？」

「んな忠告されなくても、詫びの一つも入れないでデートをほかしたことなんてねーよ」

「そこまでやってたら、悪行も最悪よ」

美人で、しっかり者で、成績も良い。おまけに、優しくて気配りの人だって？　沙貴子のどこをどう取ったらそう見えるのか知らないが、それがこいつへの世間の評価らしい。でも、気配りの人って言うんだったら、これはいい加減に改めてもらいたい。

「おまえ、俺のこと『ユキちゃん』って呼ぶのやめろって、何度も言ったろ？　高校生にもなって、ちゃん付けされて気分のいい男なんていないぜ」

「あら、ヒロちゃんにはそんなこと一度も言われたことないわよ。ヒロちゃんはヒロちゃんって呼ばれるの、そんなに嫌だった？」

俺が文句つけてるのに、沙貴子は裕美の答えがわかってて裕美に話を振りやがる。

「いや、別に。どっちかっていうと、今更沙貴子に『裕美』って呼ばれる方が違和感があるな」

そーりゃね。裕美はヒロちゃんのがマシだろーさ。裕美よかヒロちゃんのが、まだ女っぽくないし。でも、ユキちゃんはないと思う訳よ。俺の名前はヨシキだってーの、ヨ・シ・キ！

「そーいえば、ヒロちゃんも昔はユキちゃんのこと『ユキちゃん』って呼んでたのに、いつのまにか『由樹』になってたわね？」

「ん？　あ……ああ、なんとなく……」

「ふぅーん。そういえば、気がついたらあたしのことも『サキちゃん』から『沙貴子』になってたし」

「そういうタイミングだったんだよ」

なるほど…と説明にもなってない裕美の説明で納得した沙貴子に、俺も今更『そーいや、裕美が沙貴子の呼び方を変えたのって、俺への呼び方を変えさせたのと同じぐらいの時期だったかな』とか気づいたりして……。

はいはい、そーですよ。裕美にも俺が呼び方を改めるように言ったんだよ。でも、そしたら裕美はすぐに改めたぞ。本人が嫌がってんだから、最初は多少呼びづらくてもそーゆうとこに気配りの基本ってのはあるんじゃねーの？

だけど、沙貴子は気にしたふうもない。

「まぁ、あたしにはそーゆうのって関係ないや。ユキちゃんはユキちゃんなんだから、ユキちゃんでいいわよね？」

「だから、良くないって言ってんだろーが」

ったく、自分を曲げない奴だな。

しっかり者で成績が良いことは認めよう。美人ってのも認めたっていい。けど、他人の為に自分を曲げようともしない奴の、どこが優しいってんだよ？　優しいってのは、実にファジーな言葉だよな。

裕美ん家《ち》が俺ん家の真隣なら、沙貴子ん家は俺ん家の斜向《はすむ》かい。そっから同じ高校に通ってんだから、家を出る時刻も登校ルートも同じになるのは必然。その必然によって、俺達三人は高校に入学してからの一年以上、毎朝一緒に登校してるような形になってるんだけど……。

俺達が校門を潜《くぐ》ると同時、ザワッと独特のざわめきが起こる。そして、コソコソとした囁《ささや》き合《あ》い。

「今朝も三人一緒のご登校」

「本当に仲良いよね」

「でも、やっぱ灘元と戸波って組み合わせが有力なんじゃねぇ？　成績で学年トップを争うライバル同士は、真面目《まじめ》同士で気も合いそうだし、絵にもなるじゃん」

「絵になるのは由樹と戸波さんって組み合わせだって同じでしょ？　それに、戸波さんみたいなしっかり者は、由樹みたいな糸の切れた風船タイプに弱かったりするのよ」

今や全校生徒が恋の行方《カップリング》を注目する、ビジュアル系幼馴染みトリオ…ってか？　確かに、外から見てりゃ毎朝三人でご登校ってのは充分仲良く見えるんだろうし、仲悪かったら無理して時間ずらしてでも一緒に登校したりはしないけどさ。

だからって、この中でカップルが出来上がるものと決めつけるのは、どう考えたって安直だぜ。ん？　そうでもないんかな？　女に軽いんで有名な俺と、女になんか興味がないってな堅《カタ》物《ブツ》の裕美が、沙貴子とだけは高校入学から一年以上、毎朝一緒に校門潜ってるんだから、裕美と二人して実は沙貴子狙《ねら》いだと思われても不思議じゃないのかもしんない。だからって、全校規模のトトカルチョにまで発展するか？

それってのも写真部が悪い。俺達三人を隠し撮りした写真……特にピン撮りの写真は写真部の臨時収入として部費に大きく貢献《こうけん》してたらしいけど、だからってトトカルチョまで斡旋《あっせん》するなよ。他人の関係で遊ぶなってーの。それも校内賭博《とばく》なんてふざけすぎだぞ。……って怒れるようなキャラクターなら良かったんだよな。そんでもって、そこで怒れるぐらい後ろ暗いとこがなけりゃ、さ。

そこで沙貴子が思い出したように話題を変えた。

「そういえば、ヒロちゃん、流石《さすが》にピッチャーからの守備替えには監督のＯＫ出なかったんだって？」

「早耳だな」

「もうみんな知ってるって。それで残念がってるのはヒロちゃんだけで、監督の判断にみんなホッとしてるわよ。投手《エース》で全国区の強打者《スラッガー》って方が断然カッコイイし、守りも攻めもヒロちゃんがこなさなきゃ、うちの高校が甲子園の土を踏めるなんて二度とないだろうしね」

「おいおい、俺がピッチャーしてたって、連続出場出来るほど甲子園の壁は薄くも低くもないぞ」

「それでも、ある程度運に頼れるレベルと、頼れないレベルってあるじゃない？　試合……勝負事にはいつでもアクシデントや意外性がつきものだけど、そこに付け込むにしたって最低限のレベルは必要だからね。少なくとも、我校の野球部でヒロちゃん以上の肩を持った選手がいない以上、仕方のない結果よ」

「俺は投げるより打つ方が好きなんだがな。大体、春より夏の方が厳《きび》しいんだし、下手《へた》に欲を出されてそのツケを俺に持ってこられてもなぁ」

ピッチャーであることで、スタミナを調整しながら打ちたくない…なんてところまでは口にしなかったけれど、冗談ごかしに愚痴《ぐち》った裕美に、沙貴子はやれやれというように苦笑する。

「ヒロちゃんがそうでも、世間はそうじゃないってのが現実。春に行けたんだったら、夏にも行きたいって欲が出るのは仕方のないことよ」

「そんなもんか？」

「そんなもん。野球部員だけじゃなく……っていうか、それ以外が特にね。我校は進学校ってほどの進学校じゃないし、部活で進学先の高校を決める子って結構多いし」

「健全たる高校野球が学校経営の一環になるなんて不健全だな。まぁ、一介《いっかい》の生徒がとやかく言うことでもないし、俺は俺なりの野球が楽しく出来ればそれでいいさ。守備替えが受け入れられなかったのは不満だけどな」

「ヒロちゃんらしい結論ね。でも、楽しくやるにしても、楽しくやりたいからこそ勝ちたいでしょ？　だったら、ヒロちゃんはピッチャーであるべきよ」

「だから、監督の判断を結果的には受け入れただろう？」

　野球の細かいことはよくわからないから、話題がこの方向に行っちまうと俺は裕美と沙貴子の会話を黙って聞いてるしかないんだけど、そのたびに痛感することがある。

　自分が得ている評価をプレッシャーにせず、浮かれるでもなく、裕美はいつでもマイペースだ。身長や体格だけじゃなく、精神面まで……いつのまにこんなに差をつけられたんだろう？

　なんとはなしのコンプレックス。そこで俺は、今日デートの約束をしていた千晴ちゃんの姿を発見。だから、俺はその会話《コンプレックス》から逃げるように、先刻《さっき》の話題を引き戻す。

「野球部のことは俺に関係ないから、俺としては沙貴子女史のアドバイスに従いますかね」

俺は二人の傍《そば》を離れると、千晴ちゃんへと駆け寄った。

「おはよ、千晴ちゃん。今日のデートなんだけどさ」

「中止でしょ？　雨だもんね」

ありゃ、言い訳して断るまでもなくご理解いただけてる訳ね。ある意味、当然か。毎度のことだもんな。

「それより、いいの？」

「何が？」

「だって……戸波さんと灘元くんを二人きりにさせちゃって……。由樹も本命は戸波さんでしょ？　まぁ、あたしは戸波さんと灘元くんの組み合わせに賭けてるからいいんだけどね」

俺は思わず苦笑。

「へぇ、俺達って気が合うな。俺もあの二人の組み合わせに賭けてるぜ」

他人の関係で校内賭博なんかするなとか言っときながら、自分もそこで賭けてるあたりなんなんだ…ってか？　だって、仕方ないじゃん。悪友から『おまえも一口乗らないか？　組み合わせは当然おまえと戸波だろ？』なんて言われちゃったらさ。

だからって、千晴ちゃんにはそれが俺の『沙貴子が本命じゃない』という証明にはならなかったらしい。

「ふ〜ん……いいけどね。一度や二度デートしたからって由樹の特別になれる訳じゃないし。それでも、今日のデートが雨で流れちゃったのは残念だけど」

俺はまたしても苦笑した。

——俺は一度や二度のデートでビビッと来て、特別にできる女の子が欲しいです。


「雨の日は野球部の練習がないからって、雨が降るたびに俺の部屋で暇《ひま》を潰《つぶ》すなよな」

クルリと椅子を回して、パソコンを立ち上げてた机から身体ごと向きを変えた俺は、俺のベッドに転がって漫画を読んでる裕美に思い切り呆れて言ってみせた。

パソコンは立ち上げてただけのカムフラージュ。裕美はパソコンにはド素人《しろうと》だから、このカムフラージュがバレてる心配はないけど、本当はずっと横目でこっそり裕美を眺めてたのがバレてるんじゃないかって、いきなり気になって文句なんぞを言ってみたりして。

だけど、その辺は長い付き合い。俺の憎《にく》まれ口《ぐち》に、裕美は気にしたふうもない。

「別にいいじゃないか。おまえだって雨の日はデートしないで自宅《いえ》にいるし、俺は漫画なんて持ってないんだから」

俺がデートしないで自宅にいるから、裕美は此処《ここ》に来てるってか？　俺はおまえが来るから、デートをキャンセルしてんだよ。……なんて、言えないけどさ。

「だからっておまえみたく暇してる訳じゃないぞ」

「わかってるって。だからこうして一人でおとなしく漫画を読んでるんじゃないか」

そこで俺は、前々から不思議だったことを聞いてみた。

「雨ってだけで部活ナシになって暇するぐらいなら、スカウト受けて甲子園常連の有名校に行ってりゃ良かったじゃん。そーゆう学校なら、雨ってだけで丸々練習が休みなんてないだろ?」

それに裕美は、ベッドの上でのんびりと上体を起こす。

「そんな学校に行って、齷齪《あくせく》野球して潰れたくなかったからな。今朝沙貴子に指摘された通りやるなら勝ちたいけど、それよりも高校三年間、楽しく野球がしたかった。多分、厳密《げんみつ》に言えば俺は野球よりもベースボール派なんだと思う」

ベースボールって、野球のことじゃん。マニアの言うニュアンスは、俺にはわからん。しっかし、ここまでいくとマイペースなの通り越して、欲がないというか、なんというか……。

「それに、雨の日に練習入れるなら、朝練だってとっくに入れてる。でも、練習量だけを増やせばいいってもんじゃないしな。朝練入れて翌日に疲れを残すぐらいなら、それぞれ自分に合わせた自主トレして、放課後の部活で集中してやった方が身になる」

そーいやこいつって、一年の時から野球部の主導権ってより指導権握《にぎ》ってたんだよな。今じゃ顧問もこいつの言いなり。

部活がなくたって雨の日も風の日も朝晩の素振りは欠かさないんだから、そんなこと言っても本音じゃもっと野球したいんじゃねぇ？　裕美くんは、朝練で翌日に疲れを残すような体力じゃないっしょ？　けど、いくらワンマンチームっていっても野球ってのは個人競技じゃないから、他の部員がそこまでスポコンしたくないってことなんかな？

しかし、そんだけ野球が好きならやっぱスカウト受けてた方が良かったんじゃないか？　俺としては同じ高校に通えて、雨の日の部活休みに暇した裕美とこーゆう時間が持てるのは嬉しいけど……っとと、いやいや！　だから俺は、この恋から脱する為に努力中だってーの!!

ああ、それなのに、それなのに！

俺が持ちかけた話題でベッドに身を起こした裕美は、そのままベッドを下りて俺の背後に歩み寄った。

「パソコン…かぁ。いくらメイン趣味は野球でも、今時パソコンのパの字も知らないのはコンプレックスだったもんな」

俺の肩に顎《あご》を乗せるようにして、カムフラージュに開いてただけのモニター画面を裕美が覗《のぞ》き込《こ》む。そのシチュエーションにドギマギしちまった俺は、裕美の言葉の語尾が過去形だった意味なんて気にとめてる余裕もなかった。

「んで、おまえ、今はパソコンで何してたんだ？」

な…何してたんだって聞かれても、出鱈目《でたらめ》に色々なとこクリックして開いてただけだから、答えられねーって。それより、この密着度がーっ！　触れる吐息《といき》がーっ!!

　その時、幸か不幸かドアがノックもなく開かれた。

「ちょっと、ユキ！　あんた、またあたしの高周波脱毛器持ってきてるでしょ？」

　俺の姉貴……油瑠《みちる》の乱入で、裕美はキョトンとしながらも俺の背中から離れる。俺はそれにホッとしながらもガックリ。だって、ドアが開いた途端に出てきた単語が『脱毛器』だぜ？　そりゃ、借りてたけどさ。

　考えてみりゃ、うちの家族がみんなして俺を『ユキ』って呼ぶから、幼馴染みである沙貴子も未《いま》だ『ユキちゃん』って呼ぶんだよな。

　裕美が残した背中の温《ぬく》もりへのドキドキから意識を逸《そ》らそうと、そんなどうでもいいことを俺が思ったところで、油瑠は裕美の存在に『あら』と声音を和《やわ》らげる。

「ヒロちゃん、来てたの？」

「……ども」

　高周波脱毛器を机の棚《たな》から取ると、意識拡散に失敗した俺は、消せなかったドキドキを誤魔《ごま》化《か》す分までブスッくれながら素直に油瑠へ差し出した。

「ちょっとぐらい借りてもいいじゃん。眉の手入れしようと思っても、高周波脱毛器なんて高校生にゃ高嶺《たかね》の花なんだから」

「高校生の眉直しなんて、百円ショップの毛抜きで充分。それに、借りたいならちゃんとあたしに頼んで借りなさい。勝手に人の部屋から持ってくんじゃない」

「ちゃんと頼んだら、迪瑠は貸してくんないくせして……」

「お姉様を呼び捨てにするんじゃない！」

俺の手から高周波脱毛器を乱暴に取り上げると、迪瑠は俺の頭にポカッとゲンコを食らわせた。

「痛〜っ」

「まったく、男のくせして洒落《しゃれ》っ気《け》ばっかりついちゃって」

大学行ってるのはコンパ・クイーンする為か？　と聞きたくなるような迪瑠には言われたくないぞ。大体、人前で……それも裕美の前で殴るなよ、腹立つなぁ。

そこで迪瑠は、裕美に話を振る。

「ヒロちゃんからも少しはこいつにヒロちゃんを見習うように言ってやってよ」

「はぁ？　俺を見習うって、あの……どこを？」

「眉ごときに拘《こだわ》らなくても、イイ男はイイ男ってトコ。ユキじゃなくヒロちゃんが弟だったら、あたしも自慢できたのにね。なんたってヒロちゃんは高校野球界一の実力者で、この界隈じゃ有名人だもの」

高校野球界一の実力者？　野球に詳《くわ》しくない俺でも、なんかちょっと違う気がするぞ。いいや、それよりも！

眉ごとき？　自分は『今日は眉が上手《うま》く描けなかったから大学行きたくな〜い』とかやってるくせして。大体、裕美は眉の手入れをしただけで、今より断然男前が上がるって保証するね。

それにしても迪瑠の奴、調子いいよなぁ。昔は裕美のことオカマ扱《あつか》いして馬鹿にしてたくせして……。

そりゃ、迪瑠の乱入のお陰で、俺の鼓動《こどう》の乱れを裕美に気づかれる隙《すき》を与えずに済んだんだし、迪瑠の馬鹿っぷりが俺の鼓動の乱れを整えるのに役立ってたりもするんだけどさ。

「おまけにユキが拘ってるのって眉だけじゃないのよ。毎朝早起きしてヘアスタイリングしてるぐらいだったら、走り込みでもして身体作りでもすりゃいいのに。ヒロちゃんと比較するのは酷《こく》かもしれないけど、男のくせに貧弱な身体しちゃってさ。ユキって、髭《ひげ》もなけりゃ筋肉ってもんもないのよね」

う…うっさいなーっ。九死に一生を得て…ってのは大袈裟《おおげさ》にしても、ドキドキしちゃうようなピンチから救われたと思って黙ってりゃ、いい加減にしとけよ。髭も脛《すね》毛《げ》も、濃くしようと思って濃くなるもんじゃねーんだよ。筋肉だって、俺ってつきにくいタイプだし。それに、やりたいスポーツもないのに、走り込みなんかしてどーするってんだ？

「ヒロちゃんはこんなにカッコ良く成長したのに、我弟は洒落っ気だけのアンポンタン。男のくせにファンデーションまで使い出したら姉弟《きょうだい》の縁を切りたいわ」

あるじゃん、男性用ファンデーション。男がファンデーション使ってどこが悪い？　そりゃ、俺はそこまで小遣《こづか》いが回らないから持ってないけどさ。

ああ、クソ煩《うるさ》い。脱毛器取りに来ただけで、なんだってこれだけ無駄なことをグチグチと言えるかな？

「俺は若いからね。迪瑠みたく厚塗りしなくても、お肌《はだ》はスベスベのピチピチなんだよ」

「な…なんですってーっ!?」

「それに、洒落っ気だけのアンポンタンが良いって女は沢山《たくさん》いるんだよね。モテモテでまいっちゃうわ〜ん」

「ふ…ふん!!　見る目のない女達ね！　だからって、朝帰りもしたことのないガキが、自惚《うぬぼ》れてんじゃないわよ!!」

裕美相手にとやかく言われた反撃で言った『厚塗り』の一言が、よっぽど鶏冠《とさか》に来たんだろう。迪瑠は怒り狂いながらようやく俺の部屋を出て行った。

バタンッ!!　と迪瑠の八つ当たりで騒音を立てて閉ざされたドアに、俺はイーッと舌を出す。

高校生を朝帰りするかしないかの尺度で測るなってんだ、メス犬！　これでも、そーゆう誘いはごまんとあったんだぞ!!

——でも、一回としてその誘いに乗れたことがないのは、事実、なんだけどさ。

俺の目前で俺を扱《こ》き下《お》ろして誉《ほ》められても反応のしようがなかった裕美は、迪瑠の退場によって困ったような苦笑を俺に向けた。

「……大変だな」

それって、迪瑠の弟でいることが？　それとも、お洒落の手間が？

「高周波脱毛器ねぇ。俺はそーゆうもんがあることも知らなけりゃ、おまえの眉は最初からその形なんだと思ってたが、……モテる男は苦労が多いことだ」

ああ、後者か。どっちにしろ、フォローにゃなってねぇわな。どーせ俺は見てくれだけで、その見てくれさえ手間隙《てまひま》かけてのものですよ。

俺は裕美と違って成績は良くないし、甲子園のヒーローでもないけど、デートを申し込んでくれる女は次から次にいる。洒落っ気だけのアンポンタンだって、俺にとってはこれ《ルックス》が最大の武器だもん。裕美みたいな身長もガタイも頭もないんだから、これで女を引っ掛けるしかないじゃん。

下手な鉄砲《てっぽう》も数撃ちゃ当たる。その中に、昔の裕美より可愛い娘もいるかもしれない。今の裕美よりずっと好きになれる娘がいるかもしれない。

俺は先刻までのときめきをそっと隠して、自分に言い聞かせるように心の中で唱《とな》えた。

『モテる男であったことが、せめてものラッキーだよ。おまえに恋したことに望みがないんだから、モテることで生まれる可能性に賭けるしかないじゃん』

梅雨《つゆ》にはまだ早いってのに、二日続きの雨は、俺にとってラッキーなのかアンラッキーなのか？

「悪い、順子《じゅんこ》ちゃん。だって、雨だからさ。この埋め合わせは必ずするよ」

「必ずっていつ？」

「晴れたらね♡」

ウインクと軽い投げキッスは、今日デートする約束だった順子ちゃんへのせめてものお詫《わ》び。

う〜ん、単なる結果だった筈《はず》のプレイボーイが板についてきちゃってるなぁ。

水溜《みずた》まりを蹴《け》って、家路を急ぐ。ああ、我ながらこの意志の弱さが憎《にく》い。カラッと晴れてくんないことにゃ、新しい恋の発見よりも現在の恋に生きまくりじゃん。こんな調子のままで梅雨になったらどーすんだ？

それでも、雨が降ってしまうと気持ちが浮かれて止まらない。裕美《ひろみ》が俺の部屋に来るのが楽しみで仕方ない。人間は矛盾《むじゅん》で構成されてる生き物で、恋は矛盾の集合体……なんて、言《い》い訳《わけ》だけどさ。

部屋に帰り着くと、さっさと制服から私服に着替える。捨てようと思ってる恋なのに、二日続きの雨にドキドキが消せなくて、わくわくが止まらない。

お気に入りのデニムシャツに合わせたジーンズは、リーバイスのタイトフィット・ストレート。髪もしっかりブローしなおした。

あー、ヤダヤダ。男の来訪をお洒落《しゃれ》して出迎えるなんて、まるで女みたいじゃん。男同士は不毛だ、不毛。……ってわかってても、恋する気持ちからの行動ってのは男も女も同じだったりするんだよ。またしても言い訳だけどさ。

……それなのに……。

待てど暮らせど裕美は来なかった。雨の日は必ず来てたのに、どーしたってんだ？　そりゃ、約束してた訳じゃないけど、雨の日は必ず来てた奴《やつ》が来ないってのは……何か用事でもあったんかな？　でも、雨が降らなきゃ今日も部活だった筈なんだから、そこで別の予定なんて入れないよなぁ。

——おいおい、夕飯食い終わって、風呂まで入り終わっちまったぞ。う～ん、これは今日のご来訪はナシか。だって、もうすぐ九時。あいつの夜の素振《すぶ》りタイムじゃん。

「あーっ、あんた！　またあたしの洗顔フォーム使ったわねっ!!」

俺と入れ違いに風呂に入った迪瑠《みちる》が、バスルームから怒声を上げる。

「男なんて、顔も頭も身体《からだ》も、石鹸《せっけん》一個で充分じゃない!!」

石鹸で顔なんて洗ったら、突っ張るじゃん。髪だって石鹸なんて使って洗ったら、翌日大惨《だいさん》事《じ》だってーの。

迪瑠の洗顔フォーム、一本壱萬四千円也《いちまんよんせんえんなり》。シャンプーとリンスも奴のを使ってるんだけど、洗顔フォーム様の高級さに比べりゃ瑣末《さまつ》なことだ。そんなことより……。

いきなし腹でも壊したんかな？　だとしたら、今夜の素振りもナシ？　裕美とはクラスも違うし、そしたら、朝会ったきりで、今日はもう裕美の姿は見れないってこと？　なんだよ、それだったら予定通り順子ちゃんとデートしとくんだったなぁ。それより、腹でも壊したんだったら、裕美の奴、大丈夫なのか？

ダーッ、まったく俺ってば！　未来の可能性《こい》に生きたいのか、現在の泥沼《こい》に生きていたいのか、まったくわからんぞ。いくら人間は矛盾で構成された生き物ったって、矛盾しすぎだってーの。

風呂から部屋に帰って時計を見ると、ジャスト九時。いつもだったら真っ先にドライヤーで髪を乾かすのに、濡《ぬ》れ髪《がみ》そのまんまで窓にへばりつく。だって、裕美の安否《あんぴ》が気になるし、体調崩《くず》してるんじゃなけりゃ素振りのお姿は……やっぱ拝見したい。

九時…かぁ。晴れてたとして、デートしてたにしても、この時刻までに帰宅しないことってないんだよな。結局、裕美の夜の素振りをガラス越しに眺《なが》めるよりデートを優先したくなるような女の子とまだ出会ってないってだけの話なんだけど、それでも……それでも…だよなぁ。

俺、こんなで本当に新しい恋なんて見つけられんのかな？　本当の本気で、新しい恋を見つけたいと思ってんのかな？　ひのふのみ……考えてみりゃ、裕美に恋して十年以上か。人生の半分以上裕美に恋してきて、今更《いまさら》新しい恋っていうのも…なぁ。

だからって、男同士は男同士なんだから、この恋に一生殉《じゅん》じる訳にゃいかないって。やっぱ、新しい恋は必要なんだ、うん。

「あ、なんだ。元気だったんじゃん」

雨足が弱くなったところで、灘元《なだもと》家の庭にいつもと変わらぬ様子でバットを手にした裕美が出てきた。ホッと安堵《あんど》の息を吐《は》いたと同時、……え？　ちょっと、待て。なんで裕美の後から沙貴子《さきこ》が出てくんだよ？

茫然《ぼうぜん》とした俺の視線に気づかず、二人は和《なご》やかな雰囲気《ふんいき》で会話を交わしている模様。やがて裕美は、いつもと同じように素振りを始め、だけど沙貴子は帰ろうとはせず、そんな裕美の姿を笑顔で見つめている。俺には沙貴子を優しいという世間の評価が全然わからなかったけど、その笑顔って……充分優しいじゃん。

なんだよ、これ？　そりゃ、幼馴染みなんだし、ドア・トゥ・ドアで一分も掛からない距離に住んでんだから、互いの家に行き来があったっておかしくないかもしれない。裕美だって、雨のたびに遠慮《えんりょ》なく俺ん家来て暇潰《ひまつぶ》ししてんだから、それが今日は偶々《たまたま》沙貴子が裕美ん家に行って…ってこともあるのかもしれない。

けど、いくら幼馴染みだって男と女だぞ。この年齢になって、幼馴染みってだけの女が一人で男の家に行くか？

あ、何か用事があったのかもな。おばさんに届け物頼まれた…とか。でも、それで沙貴子が

来たんで裕美が俺んトコに顔出さなかったとしたら、一体何時間掛けた届け物だ？　そんな何時間も掛かるような用事って、一体何があるってんだよ？

脳みそがグルグルと渦を巻く。俺は髪を乾かすことなんて、すっかり忘れていた。


その夜、俺は夢を見た。それはガキの頃の夢。裕美と沙貴子……三人で遊んだ時の夢――…。

今ではもうなくなってしまった空地《あきち》。新聞紙を丸めただけの剣を手にして、置かれた土管の天辺《てっぺん》に立って正義の味方を気取る俺に、沙貴子が拳《こぶし》を振り上げて不満を訴《うった》える。

『どーしてお姫様役があたしじゃなくてヒロちゃんなのよ⁉』

積み重ねられた土管の上で、俺は当然のように踏ん反り返って答える。

『だって、沙貴子よか裕美のが可愛《かわい》いじゃん。お姫様は沙貴子よか裕美だよ。だから、沙貴子は悪者の役』

はっきり自分より裕美の方が可愛いと言われた沙貴子は、そこでグッと言葉に詰まる。

今なら俺にもわかってる。裕美は男だ。その男がお姫様役で、女である自分が悪者役だなんて、多分その頃から裕美を男だと知っていた沙貴子には納得いかなかっただろう。でも、男にお姫様役を取られたのが悔《くや》しいなんて、子供ながらの女のプライドで言える筈もない。そんなガキの頃からプライドが働くなんて卑《いや》しいとも思うけど、女ってのは男より早熟に出来てんだよな。

『だ…だったら、なんでユキちゃんが正義の味方なの⁉　ヒロちゃんがお姫様なら、あたしが正義の味方する‼』

『正義の味方は俺って決まってんだよ。だから、沙貴子は悪役に決まってんの』

　その頃、俺はガキの中じゃ腕っ節も強くて、俺に逆らう奴なんていなかったから、俺はそれが当然だと思ってた。それなのに、沙貴子はよく俺に嚙《か》みついてきてた。

　子供ながらに……子供だからこそ、沙貴子は腕っ節で負ける相手ってことに怯《ひる》むより、自分より可愛い男に対してストレートに出せない反発を俺に向けてきてたんだろう。だって、沙貴子の性格で裕美に直接の反発を向けるには、あの頃の裕美ってのがこれまた……。

『ユキちゃん、サキちゃん、ケンカしないで。裕美が悪者する。裕美、悪者役がしたい』

　険悪になった俺と沙貴子の様子に、裕美はベソベソと泣き出しながら言う。

　悪者がやりたいガキなんてどこにいるんだよ？　それなのに、裕美は悪者役がいいと言って泣くから、俺と沙貴子は険悪なムードになってらんなくなって、沙貴子が先に言ってしまうんだ。

『ちょっと、やだ、泣かないでよ、ヒロちゃん。あたし、悪者でいいから、ヒロちゃんがお姫様やりな』

『でも、サキちゃん……』

『いいの、いいの。ヒロちゃんを悪者にしたら、今度はユキちゃんが泣くもん。それに、ヒロちゃんがお姫様って似合ってるし』

泣いてる裕美の頭を撫《な》でながら、沙貴子が大人ぶって言う。それに俺は土管の上で唇をキュッと嚙み締めた。

裕美に泣かれるぐらいだったら、俺が悪者をやるよ。けど、俺がそれを言う前に沙貴子が言っちまったんだ。そりゃ、お姫様役だけは裕美だけど……お姫様は裕美しかいないけど――……。

「……あ……？」

パチリと瞼《まぶた》が開いた真夜中。俺は反射的にベッドに上体を起こすと、ポリポリと頭を搔《か》いた。

「くそーぅ、懐《なつ》かしい夢見ちまったぜ」

沙貴子だけが比較対象なんじゃなく、どんな女の子よりも女の子として可愛かった裕美。だけど、やっぱり男なんだから、裕美だって本心じゃ正義の味方がしたかった筈だ。だけど、子供の頃の裕美から、一度もそれを聞いたことはない。

沙貴子に遠慮《えんりょ》して、悪者をやりたいと言って泣いた裕美。沙貴子と遊んでた時だけじゃなく、俺の我儘《わがまま》でいつでもお姫様役だった裕美。だって、お姫様が一番似合ってたのは裕美だったから……。

「――変わってないんだよな、裕美は……。まったく、成長がないってば」

俺は独白に続けて、溜息《ためいき》で毒づく。

お姫様のようだった女の子は、今じゃ屈強なスポーツマン。昔の面影《おもかげ》なんて欠片《かけら》も残してない、これ見よがしの男。

だけど、根本は変わっていない。男なんだから、お姫様よりゃ悪者のが本人的にはまだマシだったろうに、他の女の子から不満が出なければ嫌そうな顔もしないでお姫様をやっていた裕美。

俺は可愛い裕美が好きだった。お姫様みたいな裕美のルックスが初恋の切っ掛けだった。

……だけど……。

「ダーッ、こんな時刻に起きちまって俺ってば！　寝不足は美容の大敵。今日は晶子《あきこ》ちゃんとデートなんだから、さっさと寝直そっと」

俺は勢い良く上掛けを引《ひ》っ被《かぶ》ると、ベッドに身体を叩きつけるようにして横になった。

今更裕美のどこに惚《ほ》れているのか……どこに一番惹《ひ》かれているのかを再確認してどうなる？

元々捨てようと思っていた恋だ。明日のデート……明日からの可能性のが大事だ。

だけど……だけど……。

『サキちゃんがお姫様やって。裕美、悪者がやりたい……裕美に悪者やらせて……』

ボロボロと涙を零《こぼ》して、しゃくりあげながら言った裕美。今のあいつからは想像もつかないビジュアルが、意識にやけに鮮明に浮かび上がってきて、俺は寝つくのに思い切り気力を費やした。

「なんなのよ、その頭？　ビジュアルだけが売りのユキちゃんが、ちゃんとスタイリングしてないなんて初めて見たと思ったら、その爆発頭はだらしなさすぎよ」

「昨日、頭乾かさずに寝ちまって、ついでに寝坊したんだよ」

翌日、朝からピーカンの登校ルート。沙貴子《さきこ》の台詞《セリフ》に俺はブスッくれながら言った。

変な夢見たと思ったら寝直すのにド苦労して、挙句《あげく》の果てが今朝《けさ》の大寝坊だもんな。もう最悪。

俺が返した台詞に、沙貴子はさも意外そうな顔をする。

「寝坊？　そーいえばユキちゃんって遅刻したことないけど、そんな頭で学校行くぐらいならスタイリング優先して遅刻するタイプだと思ってたわ」

自分でも、本来はそーゆうタイプだと思うよ。その前に、いつもだったら寝坊なんかしないけどね。

「ねぇねぇ、今日は灘元《なだもと》先輩がいないよ」

「もしかして、沢辺《さわべ》先輩が戸波《となみ》先輩とくっついたから、灘元先輩遠慮《えんりょ》して……」

「だとしたら、やったね。あたし、当たり」

「ああ、違う違う。うちのクラスの木下《きのした》が野球部なんだけどさ」

校門を潜《くぐ》ったところでいつもとはちょっと違うざわめきに迎えられ、そこで俺はようやく一人欠けてるメンバーの話題を持ち出した。

「そーいや、今日、裕美《ひろみ》はどうしたんだ？」

「あれ、聞いてない？　今日は野球部の朝練よ」

「朝練？　うちの野球部に朝練なんてないじゃん」

「ん〜……なかったんだけどね。一度でも甲子園出場なんてしちゃうと、ヒロちゃんの考えを通すには世間が色々と煩《うるさ》いらしいわ」

え？　それって他の部員がスポコンしたくなかったんじゃなく、あの言葉が裕美の本音で、つまりスポコンしてなかったのは裕美ってこと？　えーっ、それってなんか変じゃん。

いや、それよりも——……。

「いくらワンマンチームだからって、ヒロちゃんが消極的な部活に積極的すぎたのよ。甲子園に行ってさえいなければ、それはそれで通ったのかもしれないけど……」

「それ、いつ裕美から聞いたんだよ？」

「昨日……の朝、話題に出たじゃない」

——出てねーよ。そんな話題が裕美の口から出てりゃ、この俺が忘れっこねーじゃん。大体、今の間はなんだ？　あきらかに『誤魔化《ごまか》してます』って間だったぞ。

あっそ。俺には昨日裕美ん家に行ったことを隠したい訳《わけ》ね。二人だけの秘密ってか？　バッカじゃねーの。今時、高校生にもなって男女交際を照れて隠すような奴《やつ》が何処《どこ》にいる？　でも、裕美にしろ沙貴子にしろ、自分の交際を照れで隠すようなタイプじゃない…よな？

……それでも……。

は…ははは……。男女交際、かぁ。やっぱ、それが妥当《だとう》なとこだよな。だからって、別に、今更《いまさら》だよ。最初から報《むく》われない恋だってわかってたんだし、ここで裕美と沙貴子がくっついたからってなんなんだよ？　トトカルチョ、俺だって裕美と沙貴子の組み合わせに賭《か》けてるんだし、そーゆうのもアリじゃん。それに、裕美に彼女が出来りゃ、新しい恋に生きようって俺の努力もしやすくなるだろうし、全然悪いことじゃない。

ここにきて、ダメージ受けるようなことじゃない。相手が沙貴子だろうとそうじゃなかろうと、裕美みたいなイイ男が今まで一度も女と付き合ってなかったって方がおかしい。沙貴子だって、まぁ……結構イイ女で、その沙貴子も今まで男と付き合ったことがなかったってのがおかしいし、裕美と沙貴子ならお似合いだ。それなのに、この沈没《ちんぼつ》具合ってのは洒落《しゃれ》んなってねーぞ。

——だからって、それが現実になった時、傷つかないってもんじゃないんだよな。

「……ったく」

俺はただでさえ爆発している頭を、ガシガシと掻《か》いた。

「ユキちゃん？」

今の俺は日頃の俺とよっぽど違うんだろう。沙貴子が怪訝《けげん》そうな視線を俺に向ける。だからって俺は、フォローする気にもなれなかった。

『裕美とくっついたんだろ？　別に隠すことないじゃん。齢《よわい》十七にして、初彼氏おめっとさん』

そう言っちまえば、お互いにスッキリすることだ。俺がそう言えば、沙貴子だって無駄な秘密なんて持たなくて済む。こいつは嘘《うそ》や隠し事は苦手なんだから、俺から切り出してやれば肩の荷が下りる筈《はず》だ。

……だけど……。

心の狭《せま》い奴だとでもなんとでも言ってくれ。大体、なんだって俺に秘密にするんだよ？　付き合いだしたんだったら付き合いだしたって言やいいじゃん。幼馴染み三人組だったのに、おまえらが付き合いだした途端、俺だけ仲間外れか？

「――あ…っ」

「ユキちゃん？」

ピタッと足を止めた俺に、沙貴子も立ち止まる。俺は沙貴子をチラッと見ると、パッと視線を背《そむ》けて再び歩き出した。

「ちょっと、ユキちゃん?」

もしかして、今まで三人組だったからか? 幼馴染みの中でおまえたち二人がくっついちまったから、俺に気を遣《つか》って秘密にしてんのかよ? だとしたら……俺ってすっげーお邪魔虫じゃん。

「ちょっと、ユキちゃんったら! 今朝はどうしたのよ?」

答えられる言葉なんてありゃしない。そんなふうに気を遣われるなんて、俺ってば超カッコ悪くて、超惨《みじ》めじゃん。

……それでも……。

……それ…でも……。

本当は、信じたくない。認めたくない。裕美が沙貴子とくっついたなんて……。裕美が沙貴子を好きだなんて……。

初めて裕美に会えない朝。こんなことなら、しっかりヘアスタイル決めて遅刻しとくんだった。そんな後悔したって、後の祭り、なんだけど…さ。

午前中一杯、俺は机に懐《なつ》いて過ごした。居眠りなんて出来よう筈もなかったけど、どんなに怒られて、何本チョークを投げられようと、黒板と不細工な教師の顔を見ていられる気分じゃなかった。

そして昼休み。

「おい、沢辺。なに暗くなってんだよ？　ほら、学食行こうぜ」

「そーいや今日は初めて沙貴子ちゃんと二人きりのご登校だったんだろ？　何か進展……があったんなら、そんなに暗くなってねーか」

「なんだよ、野球部に朝練が入って折角《せっかく》のチャンス到来だってのに、おまえ何かポカやったのか？」

学食へと誘いにきた悪友達は、無神経にトトカルチョの行方への探りを入れてきやがる。今の俺はその話題に付き合うどころか、メシも喉を通らない気分なんだよ。

「俺、今日のメシ、パス」

「おい、沢辺？　いつも能天気なおまえが、マジにおかしいぜ。どーしたんだよ？」

「どうもしねーよ。とにかくメシはパス」

俺はひらひらと手を振りながら教室を出た。学食行かないからって、クラスの三分の一の奴等が和気藹々《わきあいあい》と弁卓囲んでる教室にもいる気分じゃない。

はぁっ……こーゆう気分の時の昼休み一時間は長いよなぁ。もう帰りてぇ。午後はサボタージュして帰っちまおうかな？　けど、家に帰って部屋に一人で閉《と》じ籠《こも》ったりしたら一層気分が滅《めい》入りそう。こーゆう時こそ、放課後のデートが良い気分転換にもなってくれるだろうから、なんとか午後の授業も乗り切るか。いや、屋上《おくじょう》にでも行って放課後まで時間を潰《つぶ》すかな？

午後の授業を実際にどうするかは別として、俺はうだうだと考えながら屋上にやってきた。なんとなく、この気分で昼休みを過ごせる場所が此処《ここ》しか思いつかなかった。

俺ってばとっぷりメランコリー。一人で外の風に吹かれたかったのに、屋上のドアを開けたら……先約？　春ったって、屋上で弁当食うにはまだ早いと思うぞ。

弁当をつつきながらキャピキャピとお喋《しゃべ》りに花を咲かせてるのは女子五人。あれ、その中に昨日デートをキャンセルしちゃった順子《じゅんこ》ちゃんと、一昨日《おととい》デートをキャンセルしちゃった千晴《ちはる》ちゃん、それに、今日デートの約束してる晶子《あきこ》ちゃんもいるじゃん。

「いーわよね、晶子は今日が晴れで。どーせあたしは、雨のかったるさに負けてデートを蹴《け》られた女ですよ」

「それ言ったらあたしもよ。たかが雨一つで由樹《よしき》に捨てられちゃった魅力ない女達なのよ、晶子と違ってどーせあたしたちはね」

うわっ、一見和《なご》やかに弁当つつきながら、この皮肉。もしかして、晶子ちゃんの吊《つ》るし上《あ》げかよ？　こりゃ、俺、出て行けないわ。

そーいや、あの三人って同じグループで仲良かったんだっけ？　その中で同じように俺にデートを申し込んで、デートした娘《こ》とデートできなかった娘がいるのは……人間関係に皹《ひび》を入れるか。でも、千晴ちゃんも順子ちゃんも、俺が雨の日はデートしないっての踏まえてたから、文句の一つも言わなかったんじゃないの？　それで晶子ちゃんを吊るし上げるなんて、道理が違ってるぞ。

それでも原因が自分なだけに、屋上には出て行けないんだけど、この場も立ち去れない。俺は隙間を残して開けてたドアを戻すと、その陰から成り行きを窺《うかが》った。あんましひどい吊るし上げ状態になったら、いくらなんでも無視はできないもんなぁ。

順子ちゃんには晴れたら埋め合わせするって言ってあるけど、千晴ちゃんにも言っておいた方がいいな。そんでもって、早いとこ埋め合わせせんと。だからって、順子ちゃんと千晴ちゃんに新しい恋の可能性はなくなったぞ。だって、こんな場面見ちゃったら恋になんて発展しないよ。

俺は自分の落ち込みを一先《ひとま》ず横に押しやって、晶子ちゃんを心配したんだけど……。

「なぁに言ってるのよ。今日が雨だったらあたしもデートを蹴られてただけの話じゃない。由樹が雨の日にデートしないのは、今に始まったことじゃなけりゃ、順子と千晴に限ったことでもないじゃん」

「まぁね。結局運なのよねー」

「日頃の行いかもよォ」

ちょっ…ちょっと、晶子ちゃん？　吊るし上げられてたんじゃゃ……ないみたいだな。

「何が日頃の行いよ？　だったら今日が晴れてる訳ないじゃん。運よ、ただの運」

「それなのに、晶子だけが由樹とデートできるなんて憎《にく》いーっ。ええいっ、嫌味の一つぐらい言わせろ！　今度奢《おご》れ!!」

「日頃の行いが悪くても、運が良くてごめんあそばせ」

キャラキャラとした笑い声。なーんだ、彼女達の冗談だったのか。だったら、此処で様子を見てることもないな。だからって、今更出て行くのもなんだし、何処《どこ》で時間潰すかな？

「順子も千晴も、またデート申し込めばいいじゃん。由樹にデート申し込むのなんて、他の男の子にデート申し込むのとは訳が違うんだから」

俺、ドアを閉めようとしてたんだけど……。

「そうよね。他の男の子にデートを申し込むなんて告白するのと同じことだけど、由樹とは単にデートするだけだし、友達を遊びに誘うのと一緒よね」

「う～ん、でも、楽しむ気分は一日彼女だよ。由樹のちゃんとした彼女にはなりたくないけど、一日だけならお願いしたいってヤツ？」

「そうそう、それそれ」

……え？

「彼氏って感じで由樹みたいなの連れてると、女としちゃ優越感に浸《ひた》れるのよね。今あたし好きな人いないから、今日のデートが楽しかったらまた申し込もうかな？」

「それで、もし由樹の方が本気になっちゃったらどーする？」

「あの由樹がまさかでしょ？　万が一そんなことになったって、あんなナンパな女好きと付き合うなんて嫌よ。安心感ないもん」

「確かに。付き合いだしてからまであっちこっちの女とデートしまくられたら堪《たま》んないもん。やっぱ、由樹は遊ぶだけの男よね」

「それに、付き合うって意味での男としちゃ由樹のルックスってユニセクシャルすぎて……あれって女装したらイケると思わない？　美形な男が女装すると、女より美人になるとは言うけどさ」

「自分より美人な男が彼氏なんてヤダー。同じ美形と付き合うなら、やっぱ灘元くんタイプよ」

「でも、灘元くんは高嶺《たかね》の花。あたしも今度、一回くらい由樹にデート申し込んでみようかな？」

「いいんじゃない？　由樹って雨の日以外はデート断らないいし、申し込むのに勇気もいらないしィ」

…………。

「そーいや、トトカルチョ、あんたどっちに賭けてる？」

「あたし、由樹と戸波さん。だって、灘元くんが女とくっつくなんて嫌だもん。それに、戸波さんだったら幼馴染みだけあってあのタラシを上手《うま》く飼いならせそうだし」

「あたしも、由樹と戸波さん。戸波さんって真面目《まじめ》だから、真面目な灘元くん相手じゃ刺激がなくて、まだ由樹の方によろめきそう」

「あたしはやっぱ灘元くんと戸波さんだと思うな。幼馴染みなんだから、相手が由樹でも今更刺激なんてないわよ。だったら、やっぱり真面目な戸波さんは堅実に灘元くんでいくでしょ」

「あ、あたしはねー」

——俺は音を立てないように慎重《しんちょう》にドアを閉ざし、屋上からの階段をとぼとぼと下りた。

あんな会話聞いた後で、晶子ちゃんとデートなんて誰がしたいか。だったら、放課後まで学校にいることなんてない。

俺は初めて晴れの日のデートをほかした。それも、約束してた娘に断りの一つも入れないで……。


ダブル・ショック。ここまでのショックを背負って学校にいるぐらいなら、家に帰って独《ひと》りぼっちの部屋で滅入ってた方がなんぼかマシだ。

「はぁーあ」

俺は制服も脱がずにベッドでゴロゴロ。

そりゃね、女を取っ替え引っ替えしてデートに励《はげ》んでたのは事実だよ。プレイボーイなんて言われて、いつのまにかそんなポーズを取るようにもなってたし。でも、デートのたびに俺は真剣だった。新しい恋を見つけようと思って真剣だったのに、あんなふうに思われてたなんて……。

「でも、自分で思うほど真剣じゃなかったのかもなぁ」

だって、雨が降ればそれで捨てられる程度の可能性だったんだから。その時に会ってデートしてれば、その娘が新しい恋の相手になったかもしれないのに、結局、俺には最初から裕美だけだったんだ。新しい恋を見つけよう新しい恋を見つけようって自分に暗示かけながら、それでも、雨が降るとわくわくして、さ。デートしたって夜の裕美の素振《すぶ》りタイムまでには帰ってきて、毎晩ドキドキしながら窓辺に貼りついて……。朝もブローに託《かこつ》けて、裕美の素振りを熱い眼差《まなざ》しで見つめちゃったりして……。

自業自得《じごうじとく》だ。あんなふうに思われたって仕方ない。真剣にしてたつもりのデートは、つもりだっただけで全然真剣じゃなかった。俺、デートしてる女の子なんて見てなくて、俺が見てたのはいつも裕美だけで、だったら遊びでデートしてたのと大差ない。

ふうっ、とことん滅入ってるな。何もかも自分が悪かったとしか思えない。自分の悪かったとこばかり穿《ほじく》り返《かえ》して、そこに塩詰めて、俺ってばマゾのレベルまで滅入りまくり。

裕美がガキの頃のまま可愛《かわい》くて、可愛い姿のままに女の子だったら、俺だってこんなになってなかった。けど、裕美は男で、俺も男で、……だから……だから俺は……。

その時ふと、昼休みの屋上で盗み聞いた台詞《セリフ》が脳裏に浮かび上がった。

『男としちゃ由樹のルックスってユニセクシャルすぎて……あれって女装したらイケると思わない？』

何が女装したらイケるだよ。女装は女装でしかなくて、結局俺は男だから、こんなとこで泥沼に嵌《は》まってんじゃん。

……だけど……。

普段が能天気な分だけ、いきなりヘヴィな状況になっちゃって、俺、精神不安定だったんだ。そんな精神状態だったから、ふと気紛《きまぐ》れが起こったんだよな。

俺はベッドを下りると部屋を出て、迪瑠《みちる》の部屋に行く。うちは両親共働きだし、迪瑠の奴は今日はバイトで遅くなるみたいだし、しばらくは安心して家に一人きり。

自分がやろうとしてることの酔狂《すいきょう》さを誰に対するでもなく誤魔化すようにして、俺はギアを無理矢理ローからハイに入れた。

「えーと……うわっ、なんだよ、この服？　派手だなぁ」

俺は迪瑠のクローゼットを開けると、中をゴソゴソ漁《あさ》りだす。これはまぁまぁだけど、ボディコン系のスーツなんて入らないって。おっ、このニットとプリーツのセミロングスカートならいけるか。

迪瑠の持ってる服の中じゃめちゃめちゃおとなしいベーシックな組み合わせを選んで引っ張り出すと、俺は制服を脱いでそれに着替えてみた。当たり前ながら女物だけあって、男の俺のウエストじゃスカートのホックがとまらなかったけど、ファスナーは上がったから上に着たニットでそこを隠しちゃえば、よしOK。

「たは～っ、女の言うことって当てにならないなぁ。てんでオカマだぞ、こりゃ」

姿見の前で軽くターン。スカートがひらひらして足がこそばゆい。今だったら化粧品も拝借出来っけど、それより先に迪瑠の奴ハーフウィッグ持ってたよな。あれ、どこだ？　あそこかな？

ファンシーケースの上に置いてあったボックスを取って、中からソフトウェーブのハーフウィッグを出してつけてみる。纏《まと》められるほど自毛の長さがないから、コームの安定感が悪いなぁ。でも、なんとかとまったか。あとはこのウェーブを指先で整えて……ん？　んん？

「でーっ、髪型変えただけで、オカマどころかまるっきし女じゃん！　俺が今までデートした女達より、マジでずっと美人!!」

——愕然《がくぜん》。

昔の裕美は女の子みたく可愛かったけど、今の裕美は男らしいハンサムってヤツだ。それに対して俺は筋肉もなくて、あの娘達が言ってたようにユニセクシャルってタイプだとは思うんだよ。だからって……こりゃ化粧なんざいらないって。

「自分より美人な男は嫌だって？　こっちだって自分がこんな美人じゃ、ちょっとばっか可愛い娘とデートしたからって惚《ほ》れるのは無理だよ」

強烈なナルシシズム発言を弁解にして、俺は自分の部屋に戻って窓辺に行く。

「こんだけ美人なんだから、実際にも女だったら……由樹じゃなくてユキだったら良かったんだ。そしたら、幼馴染みのカッコイイ野球少年を毎朝毎晩自分の部屋の窓から見つめるなんて典型的少女漫画を地でいけちゃってさ」

九時前どころか、日も沈《しず》んでいない。大体まだ裕美は学校から帰ってきてないんだから、隣家の裏庭で素振りなんてやってよう筈もない。だけど、俺は裕美がそこで素振りをしているかのごとく、隣家の裏庭を見つめた。

そうだよ、裕美が女じゃなくても、俺が女なら良かった。そしたら、素直に恋出来たんだ。異性だったら、前向きに行動を起こすには勇気が必要でも、行動もしないうちから諦める努力なんてしなくて済んだ。それだけは事実だ。

それが男同士ってだけで、なんで俺、こんなふうになっちゃったんだよ？

「……あ……『だけ』じゃない…か……」

俺は窓の桟《さん》にコツンと額を押しつけた。

俺がもし女だったとしても、同じじゃん。裕美は沙貴子とくっついたんだから……。裕美は沙貴子が好きなんだから、俺が男だろうと女だろうと関係ない。

大体、見てくれがなんだってんだ？　そりゃ、昔の裕美は可愛かった。でも、俺が裕美に惚れたのは……惚れ続けてるのは、外観の可愛さだけじゃない。

『サキちゃんがお姫様やって。裕美、悪者がやりたい……裕美に悪者やらせて……』

子供の頃から理性的なんて言い方すると、逆に子供らしい可愛げもなかったって印象になるけど、そんなじゃない。いつでも裕美は自分の感情を欲求として表すより、自分の感情を殺してでも他人の感情を気遣《きづか》って……。

それは今でも変わってない。どんなにスター視されても、裕美の根本は同じだ。俺が好きになった裕美は、昔から根本は変わっていない。

無理してギアをハイに入れてた反動で、いきなりエンスト。俺は窓を背にして床に座り込んだ。

大股《おおまた》開きの体育座りになっちまったのは、男だったら仕方がない。だけど、その座り方によって、引力に従ったスカートが捲《めく》れてトランクスの裾《すそ》が覗《のぞ》く。視界に飛び込んできたそのビジュアルに、俺はエンストじゃ済まなくなる。

「たは……みっともねー……。俺ってば何やってんだろ……？」

下着までは迪瑠のに履《は》き替《か》えなかった。だって、姉貴のパンティ履くなんて変態だぞ。でも、こんなカッコしてるだけで充分変態だ。

腿《もも》を滑《すべ》り落《お》ちたスカートの裾から覗いてるトランクスを、俺はジッと凝視《ぎょうし》する。このビジュアルはあまりにも滑稽《こっけい》で、……惨めで……、据《す》えた視線が離せなかった。

血迷ってたんだ。だって、俺、女になりたいなんて思ったことない。だって、俺、女になりたいんじゃない。俺はオカマじゃなけりゃ女装癖《じょそうへき》もない、歴《れっき》とした男で……。

——男だけど、どうしても裕美が好きなんだ。

ジワッと眼球が熱くなるのを否定せず、俺は体育座りした両膝の間に顔を埋《うず》めた。

俺が女だってどうにもならない。こんな馬鹿なことするほど好きでもどうにもならない。それでも、裕美は誰のものにもなって欲しくなかった。沙貴子は幼馴染みで、他の女に取られるぐらいなら沙貴子が相手なだけマシだったのかもしれないけど、沙貴子にも取られたくなかった。

——俺のものに出来ない裕美は、誰のものにもなってほしくなかった……。

すっげぇ無茶苦茶で、すっげぇ我儘《わがまま》。自分は次から次に女替えてデートして、不毛な恋は捨てて新しい恋を見つけるなんて息巻いて、そーゆう行動取ってたくせに、裕美には誰とも付き合ってほしくなかった…なんて……。

もう、どうしていいかわからない。どうしようもないんだけど、自分でも何がなんだかわからない。ただ、今更ながらに裕美を好きだという気持ちばかりが湧《わ》き起《お》こる。今までで一番強い自覚をもって、俺は裕美が好きで好きで堪らなかった。

それからどれぐらいそうしてたんだろう？　涙が乾いて、どれぐらいたったんだろう？　いい加減に着替えとかないと、お袋が帰ってきちまうなぁ。

「——え……？　由…樹？」

魂《たましい》が乾いたような声にぼんやりと膝の間から顔を上げた途端、俺は硬直。

ドアに手をかけて立ってる茫然《ぼうぜん》とした裕美の姿に、次の瞬間、俺は心臓を口から吐《は》きそうになった。

「ひ……裕美!?　なんで此処にいるんだよ!?」

「今日、おまえが早退したって聞いて、学校から真《ま》っ直《す》ぐこっちに来たら、玄関の鍵《かぎ》が開いてたから……」

茫然としながら説明する裕美の後ろから、沙貴子が顔を出す。

「勝手知ったる他人の家だもの。上がって来ちゃっ……ユキちゃん!?　なんなのよ、その恰《かっ》好《こう》!?」

なんだって、二人揃《そろ》って来るんだよ？　ああ、出来たてほやほやのカップルは、登校だけでなく下校も一緒だった訳ね。沙貴子の奴、裕美の部活が終わるまで待ってたんか。

いや、そんな嫉妬《しっと》してる場合じゃない。今はとにかく、このカッコのことを誤魔化さないと！　失恋した上に、変態のレッテルまで貼られたら堪ったもんじゃない!!

俺は勢い良く立ち上がって、スカートの乱れを直すと誤魔化し笑い。

「似合うだろ？　こんなカッコしたの初めてだけど、あんまし美人なんで自分でもビビッちゃったよ」

「確かに美人だけど……、だから、なんでそんな恰好してんのよ？」

「う〜っ……洒落《しゃれ》だよ、洒落！　だって、美人なんだからいいだろ？」

咄嗟《とっさ》にフォローしようと思っても、フォローの言葉が出てこない。これじゃ自主的に女装したみたいで、変態じゃないって証明になってないじゃん。そりゃ、誰に強制されたんでもなく、自主的にしたカッコだけどさ。

沙貴子は露骨《ろこつ》に呆《あき》れた顔をしてみせた。

「洒落で女装？　いい加減、女の子と片っ端からデートするのにも飽《あ》きたから、その恰好で今度は男を引っ掛けるつもりじゃないでしょうね？」

「な…なんでそーゆうことになるんだよ？」

「洒落でそーゆう恰好するのがユキちゃんだもの。洒落で男とデートしだしても不思議じゃないわよ」

悪かったな！

沙貴子の減らず口は昨日今日に始まったことじゃないけど、今は……今だけはそーゆうムッとするようなこと言ってほしくない。裕美がおまえを好きだってだけで、俺がおまえに嫉妬するのにゃ充分なんだから、そーゆうこと言われると『裕美はなんでこんな女がいいんだ』ってとこまで僻《ひが》むぐらい簡単なんだよ。

反論するよりもプイッと顔を背けた俺に、沙貴子は妙な誤解をする。

「ちょっと、やだ！　言い返してこないってことは、本当にその恰好で男とデートする気だったの？」

だから、なんでそーなるんだよ？　趣味で女装する変態だって誤解されないようにしなきゃと思ってたのに、女装して男とデートする変態ってとこまで誤解されるなんて……。

「馬鹿か。男とデートして、どこが楽しいんだよ？」

「だって、その恰好……」

「単なる洒落だって言ってんだろ？　自分がどれだけ美人か確認してただけ」

「それにしちゃ、床に座り込んじゃって暗かったじゃない」

「俺、男だぜ？　あまりに女として美人すぎるんで、ちょっとガックリしちゃったの。その上男とデートなんて冗談じゃねーよ。俺、ホモじゃねーもん」

もう嫌だ、こんな会話。俺、顔を逸《そ》らしたまま、沙貴子が見れない。裕美は……もっと見れない。

ホモじゃないなんて嘘じゃん。男とデートなんてしたくないけど、もう女とデートしようって気にもならない。俺がデートしたいのは裕美なんだから。何から何まで裕美だけなんだから……。

「洒落、ねぇ。そんなでいきなり女装なんて思いつくものかし……」

「沙貴子、悪い。先に俺の部屋、行っててくれ」

「ヒロちゃん?」

尚《なお》も言《い》い募《つの》ろうとした沙貴子を制止した裕美に、沙貴子が疑問を投げかける。それに裕美はもう一度言った。

「悪い、先に俺の部屋へ行っててくれ」

決して大きい声でもなんでもなかったんだけど、その声の迫力に俺は思わず裕美を見てしまった。

え? な…なんだよ、その恐《こわ》い顔は? 流石《さすが》の沙貴子も怯《ひる》んでるぞ。

裕美は滅多《めった》に怒らなけりゃ、こんな恐い顔をするなんてことも先《ま》ずない。俺か? 沙貴子か? どっちが裕美を不機嫌にさせたんだよ? でも、裕美は何に不機嫌になったんだ?

「う…うん。じゃ、先に行ってる」

君子危うきに近寄らず…ってか? 訳がわからないながらも、滅多にない裕美の様子に沙貴子は言われるまま俺の部屋を出て行った。

『先に俺の部屋に行ってろ』か。早々にすっかり旦那《だんな》だねぇ。……なんて軽口、俺も叩ける雰《ふん》囲気《いき》じゃない。そんなもん叩く気もないけど。

訪れた沈黙が重い。恋人を先に部屋に行かせて、裕美はまだ此処にいるってことは、やっぱ……沙貴子じゃなく俺が裕美を怒らせたってこと？　けど、裕美を怒らせるようなことって何か言ったか？

「……由樹」

「な…何？」

「沙貴子が言ったのは、本当なのか？」

沙貴子が言ったこと？

「その恰好、男とデートする為《ため》なのか？」

……え？　ええーっ!?　裕美までなんてこと言うんだよ！

俺は即座に否定しようとしたんだけど、スッと伸びてきた裕美の手が、俺のつけてるハーフウィッグのウェーブの一房をひどく大切なものを扱《あつか》うような手つきで掬《すく》い上《あ》げたりするもんだから、言葉が喉元で引っ込んじまった。

「確かに、美人だな。由樹がこんなにイイ女だとは思わなかった。これだけイイ女なら、実際は男でも気にならないかもしれない」

裕美の唇が笑みを刻む。だけど、それは俺が見慣れた裕美の笑顔じゃない。それは——嘲《あざけ》り。

「だからって、由樹が女装までして男と付き合うような変態だとは思わなかった」

侮蔑《ぶべつ》。

軽蔑。

違う、そうじゃない！　俺、そんなじゃない!!　それなのに、さっきとは違った意味で言葉が喉の奥に貼りついて出てこない。

「さっきも沙貴子の目を見て反論しなかったが、俺にここまで言われて何も返してこないってことは、そういうことなんだな？　ＯＫ、わかった。早退したって聞いたから心配してたんだが、元気そうで良かったよ」

裕美の手が俺のつけているハーフウィッグの一房から離れていく。クルリと返された踵《きびす》に、向けられた背中。それが俺を拒絶して、部屋から出て行く。

それを俺は黙って見送るしかなかった。なけなしの根性で引き止めようにも、足が凍りついたように動かなかった。

翌日、出来れば学校自体をサボりたかったけど、前日の午後サボったばかりでそれは…なぁ。

学校サボったからって何が解決するでなし、だから、朝の登校タイムをずらすにとどめる。

朝の登校タイムをずらしたからって、これまた何が解決するでもない。それに、ここで逃げたら明日はもっと顔を合わせにくくなる。明後日はそれ以上だ。わかってんだよ。わかってんだけど…さ。

——で、結局、一日ごとに顔の合わせにくさは加算されてって、そのままズルズルと……ズルズルと……。

我ながら何やってんだかな。女装の件は、酒落《しゃれ》だってことにしたんだから、酒落で通しゃいいことだ。こんなタイミングで翌日から逃げてりゃ、酒落で通るものも通らなくなる。それなのに、一日、二日、三日と経《た》っちゃって、今日で何日目だ？

別に…さ。女装ったって、ちょっと血迷って発作的《ほっさてき》に女物の服を着ただけじゃん。似合ってたんだから、そこを見られたからって恥ずかしいことなんてない。今から思えば沙貴子《さきこ》の誤解だって、馬鹿馬鹿しすぎて本気だとは思えないし、笑って済ませる以上のことでも以下のことでもない。

だけど、裕美《ひろみ》のことは——…。

「おい、沢辺《さわべ》、昨日はやけに早く学校来てたと思ったら、今日は遅刻ギリギリじゃん。最近、どーしたんだよ？　今朝《けさ》なんか野球部は朝練だったのに、沙貴子ちゃん一人で登校させるなんて」

「そうだよ、チャンスだろ、チャンス！　もしかしてライバルの事情に遠慮《えんりょ》……って、おまえ、そんな性格じゃないよな？　それに、野球部の朝練も毎朝ある訳《わけ》じゃないし」

ああ、煩《うるさ》い。このところ、休み時間になると誰彼となく俺の席まで来てこの話ばっかだ。

「もしかして、灘元《なだもと》と戸波《となみ》が付き合いだしたって噂《うわさ》、マジなのか？　だから、流石《さすが》のおまえも遠慮しだしたとか？」

「俺は沢辺が戸波と付き合いだしたって聞いたぜ。だから、おまえ、ピタッと女やめたんだろ？」

「そうそう、付き合いだしたんだったら無理して朝一緒しなくても、自分のペースで登校すりゃいいもんな」

「えーっ、でも、親密になってるのは灘元と戸波じゃないのか？　夜、灘元の家から出てくる戸波を見たって奴《やつ》いるぜ」

「幼馴染みで近所なんだから、家に遊びに行くぐらいするだろう？」

「この年になってまで、いくら幼馴染みだからって男の家に女が一人で行くかぁ？」

「なぁ、沢辺。実際のトコはどうなってんだよ？」

「さぁね。俺が沙貴子と付き合ってないことは確かだよ」

俺はその一言で話を打ち切らせようとしたんだけど……。

「それじゃ、おまえが女やめたのって失恋のショックってヤツ？　沙貴子ちゃんをゲットできる望みがなくなったら、前以上にお盛んになってもいい筈《はず》なのになぁ」

「だとしたら、やっぱ灘元と戸波かぁ」

「ちぇーっ。俺、五百円パァだよ」

ああ、だから！　そーゆう話は他所《よそ》行ってやってくれ。

女装なんてどうでもいい。言《い》い訳《わけ》するほどのことじゃなけりゃ、今更《いまさら》あれ以上の言い訳がしたいとも思わない。

それでも、あの時の裕美の表情が痛い。笑い事以外の何物でもない馬鹿な誤解が痛い。裕美と顔を合わせる勇気が……ない。

それでも、好きだ。こんなことで好きでなくなるなんて出来ないし、前よりもっと好きなんだ。

だから、沙貴子と顔を合わせる勇気までなくなっちまった。裕美にあんな態度取られて、裕美と付き合ってる沙貴子と平然と顔を合わせてるなんてできねーよ。

失恋したって幼馴染みであることは変えようがないんだから、あいつらの新しい関係、俺が真っ先に祝ってやるべきなんだろうけど、俺はそれさえ認められずにいる。

現実から目を逸《そ》らすばかりで……。現実から目を逸らすことしか出来ないで……。

それなのに、あいつの朝晩の素振《すぶ》りは欠かさずこっそりと眺《なが》めちゃってたりしてさ。素振りどころか、今じゃあいつの部活までこっそりと眺めてたりして、さ。

青春だなぁ。タラシで鳴らした俺がこんな健気《けなげ》に片想いしてるなんて、青春が青すぎて泣けてくるよ、まったく。

——カキーン！　カーンッ!!

う～ん、相変わらず豪快。裕美のバッティング練習って、迫力あるよなぁ。

「きゃあっ、灘元センパーイ！」

「頑張《がんば》って、灘元くーん!!」

フェンスに貼りついた女どもの奇声にも納得。モテてない筈《はず》はないと思ってたけど、めちゃめちゃモテてたんだな、あいつ。

『同じ美形と付き合うなら、やっぱ灘元くんタイプよ』

『でも、灘元くんは高嶺《たかね》の花』

あ、嫌なこと思い出した。どーせ俺はコサージュ。手の届かない花じゃなく、欲しい花でもなくて、つけて歩けばちょっとお洒落ってだけのモテ方だったんだもんな。

顔を合わせる勇気はないけど、朝会えなくなった分だけ少しでも裕美を見ていたくて、だからってフェンスにへばりつく勇気もない俺は、

『たまたま裕美が見えたから、立ち止まっただけだよ。甲子園のヒーローなんて言われてる奴の練習はどんなもんかと思ってさ。これでも幼馴染みだからな』

なんて言い訳のできる距離で眺めるしか出来ない。それも、この言い訳が出来るのって、立ち止まってる時間は精々《せいぜい》五分が限界なんだよな。

中学時代は、堂々と裕美の練習を見に行くこともあった。高校になってからも、地区予選は毎試合沙貴子に誘われて行ってたし、春の甲子園にもしっかり応援に行った。けど、今度の夏、万が一にも甲子園出場になったとして、俺、学校に観戦希望出せるかな？　裕美の応援に行かないだけの意志の強さもない気はするけど。

あ、限界の五分。仕方ない、帰ろう。帰って、メールチェックして、ネットで時間潰《つぶ》しゃすぐに夕飯の時刻になって、その後に一風呂浴びりゃ裕美の素振りタイムだ。そうなりゃ、そこでじっくりと裕美が見れる。

しっかし、デートしなくなってから、ネットでばっか時間潰してるな。良かった、うちのネット環境がケーブルで。ネットするたびに電話代かかってたら、親にどつかれるところだぜ。

そんなことを考えながらその場を離れようとした時、裕美が部員達に一声かけてバッターボックスを出た。フェンスに近づいてくる裕美に、女達がざわつきだしたのは憧《あこが》れのアイドルが近づいてきたからって感じとはちょっと違うような……え？　沙貴子？

「今日もいつもの時刻でいいの？」

「ああ」

「じゃ、その頃に行くね」

フェンス越しに笑顔でラブラブの会話。裕美しか見てなくて、沙貴子がそこにいたことなんて気づかなかった。それにしたって、随分《ずいぶん》堂々としたもんじゃゃん。俺には隠したくせしてさ。

チェッ、後三十秒早く、此処《ここ》から立ち去っとくんだったな。だけど、タイミングの悪さは重なるもので……。

「あれ、ユキちゃんじゃない」

練習に戻る裕美を見送った沙貴子は、フェンスから離れると同時に俺を発見。走り寄ってきた。

「今、帰り？　だったら、一緒に帰ろう。最近、朝一緒にならなかったしさ」

そ…そんな明るく言われても、俺はおまえを避けてたんだってーのに。

それでも、こんなふうに声かけられたら、露骨に無視も出来ないよなぁ。

「毎日、同じ時刻に裕美ん家に行ってるのか？　おまえだって都合があるだろうに、野球で忙しい奴と会うとなると大変だな」

「えっ？　ユキちゃん、なんでそれ……」

「俺が知ってちゃ悪いかよ？」

「別に悪かないけど……なーんだ、そっかぁ。無駄に隠して損しちゃった」

悪びれもせず、沙貴子が笑う。俺だって自分の目で見て知ったことだけど、それでも否定が欲しかったのに、これは完敗だ。

「ヒロちゃんと放課後毎日会うようになった途端、ユキちゃんとは朝も会えなくなっちゃったから、一応は淋《さび》しかったのよ。そーいえば、最近は随分《ずいぶん》とストイックにしてるみたいじゃない。良い傾向、良い傾向」

ケラケラ笑いながら俺の肩を叩いた沙貴子に、俺は愛想《あいそ》笑いさえ返す気にもなれない。

「それはそーと、こないだは流石《さすが》のあたしもビックリしたわよ。あんたの節操ない性格はわかってたつもりだけど、いきなり女装だもん。うちの学校の文化祭はまだずーっと先だってのに」

「……は？」

「ヒロちゃんに、女装したら似合うから文化祭の時にでもやってみればって薦《すす》められたんでしょ？　聞いたわよ。だからって、こんな時期から女装してみてるあたり、ユキちゃんって……ユキちゃんよねぇ。乗りがいいというか、お調子者というか、馬鹿というか」

あ…ああ、なるほど。あの後、裕美がそう誤魔化《ごまか》してくれたのか。でも、裕美も沙貴子の馬鹿な勘違いをそのまま勘違いして『ＯＫ、わかった』とか言ってたのに、なんでフォロー入れてくれたんだ？　別に、そんなフォロー、必要なかったのに。

――その時、背後の空気が震撼《しんかん》した。

悪いことは重なるって言うけど、これはタイミングの悪さじゃ済まない。フェンスに貼りついていた女達のざわめきは改めて色を違《たが》え、グラウンドの野球部員達はパニック状態。

俺と沙貴子は振り向きざま蒼白になる。

「ヒロちゃん⁉」

バッターボックスに蹲《うずくま》ってる裕美。な…何？　デッドボール？　高校野球に使うボールって、硬球だよな？　どこ当たったんだよ⁉

弾《はじ》かれたように走り出した沙貴子に、俺も反射的に走り出していた。

俺は裕美と顔を合わせる勇気がなかった。裕美と顔を合わせるのが恐《こわ》かった。だけど、そんなこと言ってる場合じゃなかった。


「まったく、みんな大袈裟《おおげさ》なんだよ。確かに当たった時はその痛みでしばらく動けなかったけど、意識を失うほどじゃなかったし、バッター用のヘルメットだって被《かぶ》ってたんだし」

「それでも、ボールが当たったのは頭だったのよ？　用心に越したことないじゃない」

「だから、こうしてちゃんと病院に来ただろう？」

部活を強制的に早上がりさせられた裕美に、その場に駆けつけた俺と沙貴子は野球部顧問に頼まれて病院まで付き合った。

　沙貴子とこんな会話交わせるようなら心配いらないな。足取りもしっかりしてるし、裕美が言う通り大したことはなかったんだろう。

　病院を出て家路につく。だけど、安心してしまうと、この場にいるのがしんどい。裕美は俺の顔を見ようともしない。顔を見ないどころか、俺へと向かってくるオーラがトゲトゲだ。まだ、怒ってんのかよ？　だから、なんで怒ってんだ？　そんな裕美の態度はかなり露骨だったから、沙貴子だって気づかない筈がない。

「もしかして、ケンカしてたの？」

　うわっ、直球できた。

「ケンカなんかしてない」

　裕美はそう答えたけど、表情が裏切ってる。ちょっと待てよ。本当にケンカなんかしてないじゃん。

「そーいえば、早退したユキちゃんを訪ねていった日……ほら、ユキちゃんが女装してた日。ヒロちゃんがいきなり機嫌悪くなって……」

「機嫌なんて悪くなかった」

「ユキちゃんはあの翌日から朝一緒じゃなくなるし、もしかしてあの後にケンカしたの？　でも、ユキちゃんの女装はヒロちゃんが薦めたんでしょ？」

「だから、ケンカなんてしてないって言ってるだろ！」

口じゃそう言っても、裕美のトゲトゲは今やビリビリの放電状態だ。これでケンカしてないって方が無理がある。いや、本当にケンカなんかしてないんだけど。

訳がわからなくてオロつきそうになる俺に、けれど、沙貴子は平然としたものだった。

「滅多《めった》に感情を出さないヒロちゃんが、珍しく感情を出したと思ったら嘘《うそ》が下手《へた》ね。その態度のどこがケンカしてないのよ？」

「俺の態度のどこがケンカしてるんだよ？　実際ケンカなんてしてないのに、態度になんて……」

「ああ、わかったわかった。とにかく、頭に硬球《ボール》食らった後なんだから、あたし、今日はヒロちゃん家行くのやめとくわ。それに、いきなりユキちゃんが朝一緒しなくなったの、これでも結構気にしてたのよ。どんなケンカしたんだか知らないけど、子供じゃないんだから、くだらない意地張ってないで、さっさと仲直りしちゃいなさい」

「お…おい、沙貴子、少しは人の話を……」

「じゃあね」

裕美が引き止めるのも聞かず、沙貴子は駆け出していってしまった。

おい、こら！　どうせ帰る道は一緒なのに、一人だけ先に帰ることないだろ。仲直りの切っ掛けを作ったつもりか？　裕美は何度もケンカしてないって言ってるのに、人の話を聞かない奴だな。

　ケンカなんかしてない。してない…けど、こんなとこで二人きりにされたって困るよ。俺も沙貴子の後を追って走って帰るか？　でも、なんかそれってマヌケだ。それに、病院で検査を受けたばかりの裕美一人を置き去りにするっていうのも……。

「まったく、沙貴子は」

　裕美はチッと舌打ちすると、止めていた足を動かしだした。俺も裕美から五十センチほど離れてとぼとぼと歩き出す。

　裕美は決して俺を見ない。五十センチの距離がやけに遠い。息が詰まりそうだ。

「——最近、全然女とデートしてないんだってな」

「え？」

　裕美の顔は前に据《す》えられたまま、視線の一つも俺には向けられちゃいない…けど……。

　裕美が俺に話し掛けてきてる？　沙貴子にケンカしたと決めつけられたのを否定してるつもりなのかな？　でも、俺にそんなことしたって無意味じゃん。ケンカはしてないけど、裕美が何やら俺のこと怒ってるのは事実なんだし。

「女装するほど好きな彼氏とのデートに忙しすぎて、女とデートしてる暇《ひま》がなくなったのか？　だとしたら、随分上手《うま》くやってるんだな。女タラシで有名だったおまえが男と付き合いだしたなんて噂は、欠片《かけら》も聞こえてこないぞ」

裕美に話し掛けられたと思ったら、すぐさま続いた台詞《セリフ》がコレなんて、本気かよ？　こいつ、あんな馬鹿なこと、マジに誤解してたのか？

告白する前に失恋して……。男同士だから、告白も出来ずに失恋して……。それなのに、裕美にマジにそんな誤解されるなんて……。男と付き合ってるなんて、そんな誤解されてる…な…んて――……。

「なぁんてな。沙貴子も突飛《とっぴ》な発想をするもんだ。必要ないとは思ったけど、一応、適当なこと言っといたから、おまえも話し合わせて……え？」

あ、なんだ、冗談か。随分心臓に悪い冗談だな。ビックリして……ビックリしすぎて……。

「ちょっ……由樹《よしき》？　こんな道端で、いきなりなんだよ？　俺、泣かせるほどひどいこと言ったか？」

泣いてる？　ビックリしすぎて涙が出ただけで、泣いてるんじゃない。泣いてるんじゃない…けど……。

「――ヒィ…ック」

あ、弁解に口を開いた途端、しゃくりあげちまった。これってやっぱ、泣いてるってことか？

「お…おいっ」

裕美が周囲を窺《うかが》いながらオロオロしてる。現に、スーパーのビニール袋下げたおばさんが訝《いぶか》しそうな視線をこっちに向けてたりして。

そりゃそーだよな、制服姿の男子高校生がいきなし道端で泣き出すなんて、道行くおばさんの興味を引くには充分。裕美ってば、災難だなぁ。ガキじゃないんだからまさかとは思うけど、もしかして、俺を苛《いじ》めたように見られたりして？

まるで他人事《ひとごと》のように淡々と考えながらも、頬を伝っていく涙の感触を感じる。涙……止まらない。

「な…なんなんだよ、一体？　ああ、とにかくこっちに……」

裕美は泣いてる俺を隠すようにして、肩を抱いて引き寄せた。一緒にいる奴に泣かれてるってのも悲惨《ひさん》だと思うけど、制服姿の男が制服姿の男の肩を抱き寄せてこの密着度ってのも大概《たいがい》だと思うぞ。

それでも、不謹慎な心臓は独特の鼓動《こどう》を刻みだす。だから、ダメだと思った。もう、ダメだ、と思った。

だって、裕美は俺が泣かなきゃ俺を見ようともしなかったんだ。裕美は本来あんな意地の悪い冗談言う奴じゃないんだから、だったら、言わせたのは俺だ。俺の何がそれを言わせたのかはわからないけれど、ここでちょっと口をきいてくれたからって、明日から以前の裕美に戻ってるなんてことはない。何が原因かわからないから謝りようもないけど、裕美があんな物言いをしたぐらいなんだから、もう雨が降っても裕美は決して俺の部屋には来ない。

こんなに好きなのに、好きなのは俺だけなんだ。だから、ダメだと思った。もう、ダメだ、と思った。

道端で摑《つか》まえたタクシーに押し込められて、無理矢理のように裕美の部屋に引っ張っていかれた。

「どうせ隣なのに、なんだっておまえの部屋になんか……」

「もうおばさんも迪瑠《みちる》ちゃんも家にいるんじゃないか？　帰るんだったら、その目をなんとかしてからにしろよ」

涙はタクシーを降りる頃には止まってたけど、どうやら目が腫《は》れてるらしい。そこまで泣いたつもりはなかったんだけどなぁ。

それにしても、裕美の部屋に来るなんて超久しぶり。隣に住んじゃいるけど、裕美は普段野球で忙しいし、雨の日は裕美が俺の部屋に来てたからな。

でも、もう来ない。理由はわからなくても、裕美はもう雨が降っても俺の部屋を訪れない。何をどう嫌われてしまったのかはわからないけれど、裕美は俺を拒絶している。

俺は勧められるまでもなく、裕美のベッドに腰を下ろした。幼馴染みなんだから許される程度の行動である筈なのに、裕美は顔を顰《しか》めてからそれを隠すように俺の隣に座った。

「質《たち》の悪い冗談言って、悪かった。まさかおまえが泣くほどだとは思わなかったんだ」

裕美にとっては泣くほどのことじゃない。でも、俺には泣くようなことだったんだ。

高校生にもなった男がやんなっちゃうよな。だけど、高校生にもなった男が人目も憚《はばか》らず泣けるほどの恋だったんだ。俺はそれぐらい裕美が好きだったんだよ。

あえて過去形。そう、今度こそこの初恋を終わらせなきゃな。だって、もうダメだから……。

「――図星だよ」

「え？」

「女装してたの……好きな男がいたんだ。あんなカッコしてそいつとデートしたかった…ってんじゃないんだけど、ちょっとだけ女になりたかった。一瞬の気の迷い。俺、女性化願望なんてないけど、そいつを好きでいる為《ため》だけに、あの時は真剣に『もしも俺が女だったら』って思ったんだ」

「……由樹……」

「好きになる気持ちは、自分でそうしようと思ってしてることじゃない。俺は男で、相手も男で、それでも好きになっちゃったのは俺のせいじゃない。だけど、罪悪感《ざいあくかん》だけはあるんだ。そうしようと思ってしたことじゃないんだから俺のせいじゃないっていくら自分に言い聞かせても、悪いことしてるって罪悪感が湧《わ》いてくる。だから、いろんな女の子とデートして、そいつより好きになれる娘《こ》見つけたかったんだけど、な」

「……そういえば、おまえが女を取っ替え引っ替えしだしたのって、高校に入学してからだったな。そんなにそいつのこと……好きなのか？」

「好き……だったよ」

俺は俯《うつむ》いて苦笑した。裕美はきっと俺の女装を見た時以上に軽蔑《けいべつ》の表情をしてるだろうから、裕美の顔は見れない……見ない。だけど、この程度で諦《あきら》められる恋じゃないから、この機会に自分でしっかり終止符を打とう。女装だけであれだけ蔑《さげす》んだ瞳を向けられたのに思い切れなかったんだから、だったら、ここでしっかり玉砕《ぎょくさい》しておこう。

最初から、順番、違ってたんだよな。先に玉砕してから新しい恋との出会いに燃えるべきだった。そうしてりゃ、もう少し違ってたかもしれない。……なぁんて、こんな事態にまで追い詰められなきゃ、こんな勇気、持てよう筈もなかったんだけど……。

『ずっとおまえが好きだった』

その告白で、軽蔑だけじゃなく嫌悪されて、それで終わりにしようと思った。そこまですれば、今度こそ終わらせられると思った。それなのに、俺が告白する前に――…。

「ふざけるな！」

裕美の怒声に何事かと俯かせていた顔を上げるより早く、裕美の力強い手が俺を座っていたベッドに押し倒し、そこへと磔《はりつけ》にする。

「ひろ……」

「おまえは女タラシで……そのおまえが男を好きな筈がないだろう!? 俺の冗談より質《たち》が悪い!!」

「裕美?」

「それが本当だとしたら、おまえの女タラシは高校に入ってからなんだから、高校で知り合った奴が相手なのか!?」

えっ? 違う違う。中学時代は今ほどモテてなかったし、切羽《せっぱ》詰まってもなかったし…って、手首痛い。なんなんだよ、軽蔑するのはわかるけど、そんなに怒るなんて……俺の両手首を押さえつけてるおまえの力、万力《まんりき》みたいだぞ?

「自分は男で、相手も男で、だけど好きになったのは自分のせいじゃない? それでも、悪いことしてるって罪悪感が湧いてくる? ああ、そうさ! その通りだ!! 男同士だから、最初から諦めるしかなかった! だから、おまえが女を取っ替え引っ替えしてても気にもならないふりをしてるしかなかった!! それなのに……おまえが本当に好きだったのは男? それも、高校になってから知り合った男だって!? ふざけるな!! 俺が何年おまえだけを見つめて、俺が何年……男同士であることで諦め続けてきたと思ってるんだ!?」

——はい? あ…あの……?

「相手が女なら諦めもつくさ! だけど、高校になってから知り合った男だなんて……男だなんて!!」

激昂《げっこう》した裕美は、その激しさのまま俺の唇に唇を重ねてきた。嚙《か》みつくような、奪い取るようなキス。そのキスの激しさに俺は頭が真っ白になる。

どれぐらいキスされてたのか？　やがて唇を解放されても茫然《ぼうぜん》としている俺に、裕美は自《じ》嘲《ちょう》する。

「俺がおまえを……なんて、驚いたか？　おまえの女装見た時から、ヤバイとは思ってた。沙貴子が言ったような可能性はありっこないと思ってても、自分にとって都合の悪いことってのはどんな馬鹿馬鹿しいことでも不思議とそれが事実のような説得力があるんだ。おまえの女装があんまり似合ってたから……笑えないぐらい女そのまんまに見えたから……。俺はおまえの為に沙貴子に適当なこと言ってフォローしたんじゃない。沙貴子が言ったような可能性を俺自身が沙貴子に対して否定したかったんだ」

独白にも似た響きを持つ裕美の言葉に、真っ白だった俺の頭は少しずつ色を取り戻していく。

笑えないぐらいって……笑ったじゃん。おまえ、女のカッコした俺を見て嗤《わら》ったじゃん。

疑問を訴《うった》える俺の目前で、あの時と同じシニカルな笑みを裕美の唇が象《かたど》った。

「憶《おぼ》えてるか？　俺、名前のせいもあって昔はよく女に間違われてさ。ガキの頃は、それがすごく嫌だった。由樹はガキ大将で、俺の憧《あこが》れで、だから俺は由樹みたいになりたくて野球を始めたんだ」

俺が裕美の憧れ？　裕美が野球を始めた原因って、俺？

「身体《からだ》を鍛《きた》えて、男らしい男になりたくて、……それなのに……、俺がおまえに感じてたのは憧れじゃなく恋だったと自覚してしまったらどうしたらいい？　男らしくなりたくて、毎朝毎晩バットを振って、同年代の奴等よりガタイも良くなって、……それなのに……、気がついたらガキ大将だった筈のおまえは綺麗《きれい》になっていくんだ」

綺麗って……あの……いくらユニセクシャルで女装したら美人になったっつっても、俺だって男なんだから面と向かって『綺麗』なんて寒い単語吐《は》かれても、誉《ほ》め言葉にゃ受け取れねーぞ。

……だけど……。

「何度も思ったよ。俺が昔、間違えられたままに女だったら……男の匂《にお》いをさせるよりも綺麗になってくおまえが本当に女だったら、男同士ってだけでこんなにも気持ちを殺さないで済んだのにって……。それなのに、女の恰好《かっこう》したあんなおまえを見せられて……」

あ、俺と同じ？　だったら、もしかして、あの時の嘲りも侮蔑の表情も俺に向けたものじゃなくて、裕美が自分自身に向けたものだったのか？　裕美が怒ってたのって、本当は怒ってたんじゃなく、気持ちの持って行き場がなくて荒れてただけ、とか？　さっきの態度も荒れた挙げ句の八つ当たり、だったとか？

うっ…そォ。そんな都合のいい話、誰が信じられるってんだよ？　裕美ってのは、自分の感情より他人の感情を優先するタイプで、自分の感情なんて滅多に見せることもない奴で……。それに、裕美は沙貴子と……。それが俺を諦める為の交際だったって言われたら、裕美を諦める為に色々な女とデートしまくってた俺としては理解しない訳にはいかないんだけど、でも、裕美はそんなこと出来る奴じゃないから納得できない。大体裕美の相手は沙貴子で、大切な幼馴染みで……。

いきなり与えられた情報に混乱が止まらない。それでも、真っ白だったところから色を取り戻した脳みそは、少しずつ現実も取り戻していく。

「それが、高校になって出会った男の為だったのか？　だったら、ガキの頃から男同士ってだけでおまえを諦め続けてた俺はどうなる？　ただの幼馴染みのふりをしてるしかなかった俺はどうなる⁉」

ガッシリとした裕美の身体が、俺に覆い被さってくる。

「――平然とベッドをソファ代わりにしやがって……。好きな奴が自分のベッドにいて、そのベッドで他の男が好きだと聞かされて、俺は理性で自分を抑《おさ》えられるほど大人じゃないんだぜ？　どうせ壊れちまうなら、メリットを得てとことんまで壊しちまうのがいいと思わないか？」

頬に裕美の吐息《といき》が触れる。俺を包み込む男の匂いは、汗の匂い。それが俺の取り戻しかけていた現実を一気に完全なものにした。

――後から思えば、この時、裕美って俺を××《チョメチョメ》しようとしてた…んだよな？　けど、現実が顕著《けんちょ》になったところで俺にとって一番リアルだったのは、さっき裕美に思う様貪《むさぼ》られた唇の熱さ。

「あ――っ、俺のファーストキスッ‼」

「……え？」

裕美が俺の制服のボタンを外そうとしてる手を押さえるよりも、自分の唇をバッと両手で押さえた俺に、裕美は唖然《あぜん》としてその行為を止める。

「ファースト……キス？　だって、おまえ、あれだけ女と派手に……」

デートだけは派手にしてたよ。けど、裕美以上の娘と出会えなかったんだから、デートはしてもキスまでなんて……。

唖然とした裕美は、俺の叫《さけ》んだ台詞で気が抜けたっていうか、何かがポッキリと折れたらしい。俺の身体から、裕美の匂いと重みが遠ざかる。

「……どれだけ女と付き合っても、好きな男の為に唇を守ってたなんて、まるで時代遅れの小説のようだな。その唇を奪っちゃったんだから、俺はそれに満足して、結局、諦めるしかない、か」

好きな男の為に……裕美の為に唇を守ってたなんて感覚はなかった。ただ、デートしても特別な感情を持てなかった娘達に対してキスって発想がなかっただけで……。

それより、裕美こそもう沙貴子がいるくせに、俺にキスなんかして……。こんな……こんなことしといて、勝手に離れていくなんてふざけすぎだ！　なかったことのように済ませようなんて、ふざけすぎてるぞ‼

ベッドから腰を上げた裕美の制服の裾《すそ》を、俺は咄嗟《とっさ》に握《にぎ》り締《し》めた。

「誰が……誰が高校に入ってから知り合った男を好きになったって言ったよ？」

「え……？」

「それに、おまえ、沙貴子と付き合ってるくせして、俺にそんなこと言って、あんなことするなんて、どーゆうつもりだ⁉　俺……俺の方こそ、おまえを諦めようって必死だったんだぞっ‼」

「え……ええっ⁉　俺も沙貴子との噂は耳にしてたが、おまえまでそんなもんを真に受けてたのか⁉」

俺の瞳と裕美の瞳が真っ向からぶつかる。その拍子に俺は裕美の肩越しに初めて、ある筈のないそれがあることに気づいたんだけど、その時はそんなのに拘《こだわ》ってる余裕はなかった。

「えーっ、DOS《ドス》モードから抜けられなくなって、パソコンのコンセント引っこ抜いたーっ!?」

久しぶりに三人で登校する翌朝、沙貴子《さきこ》の絶叫が登校ルートに響き渡った。それに裕美《ひろみ》は、気まずそうに顔を顰《しか》める。

「だって、あんな画面見たの初めてだったし……。電話しようとも思ったんだが、どうせ明日……今日にもまた沙貴子は来るんだし、一先《ひとま》ず電源だけ落としておこうと思って……」

「『Exit《エグジット》』って打ち込んで『Enter《エンター》』キー押せばDOSモードからは抜けるわよ。それより、電源ボタンを押したままにしてれば電源が切れるって、説明書にも書いてあるでしょ?」

「――パニックしちまって、説明書読むどころじゃなかった」

「はーっ。あたしがかれこれ何日教えに行ってると思ってるの? パソコンは頭の良さより相性だと思うけど、ヒロちゃん、パソコンに関しては脳みそまで筋肉なんじゃない?」

沙貴子が裕美にこんな口きくとこなんて、初めて見たなぁ。そっか、DOSモードに入っちゃったら、『Exit』+『Enter』で抜けられるのかぁ。憶《おぼ》えとこ。

――昨日、裕美の部屋で裕美の肩越しに見つけたのは、パソコンにド素人《しろうと》な裕美が持ってる筈《はず》もないWindows《ウィンドウズ》マシーン。それも最新型の高級品。

オチが判《わか》ってみりゃなんのことはない、パソコンにド素人だからこそ基本を誰かに教わるなら近所の幼馴染みってのは頼りやすいわな。そーゆう事情なら、男とか女とかって関係ないし。だって、いくら最近は安くなったって言っても、仏壇《ぶつだん》にしてOKって値段じゃないぞ、パソコンは。

けど、なんだってその相手が俺じゃなくて沙貴子なんだよ？　俺だってWindowsだぞ。Windowsだけじゃなく Macintosh《マッキントッシュ》も扱《あつか》えて、プログラム言語も数種類いける沙貴子には、そりゃ敵《かな》わないけどさ。

俺、無意識に恨《うら》みがましい目で裕美を見てたのかな？　そんな俺の様子に沙貴子が失笑する。

「今日一緒にいるってことは、昨日、あの後で仲直りしたんでしょ？　仲直りしたてだから独占欲が強くなるなんて、子供じみてるわよ。ユキちゃんだって、あたしがヒロちゃん家までパソコン教えに行ってるって知ってたんだから、今更《いまさら》じゃない」

昨日、裕美から聞くまで知らなかったよ。俺はおまえが裕美と付き合いだしたから、裕美の部屋に通いだしたんだと思ってた。……なんて、言う必要はないから言わないけどさ。

沙貴子は裕美の胸元に人差し指を押し当てると、これ見よがしの溜息《ためいき》をつく。

「今まではあたしが教えてたけど、もうユキちゃんにもバレてるんだから、これからはユキちゃんに習ったら？　あたしじゃお手上げ。メールとネットしかやってないユキちゃんでも基本ぐらいは教えられるだろーから、基本が入ったらそっから先は教えてあげる。それにあたし、ネット関係は疎《うと》いから、そっちはあたしよりユキちゃんに習った方がいいだろうしね」

えっ？　いきなしお鉢《はち》が回ってきやがった。いや、裕美に教えるなんて全然構わないけど、パソコンの基本ったって、俺、ファッションの一部として手を出したのがパソコンだったし、いざ基本って言われると何が基本なのか……。

だけど、裕美はちょっと思案した後、勝手に答えを出してしまった。

「そう…だな。いくら幼馴染みでも、男である俺の部屋に女の沙貴子を連日通わせるってのは、少し無神経だったかもしれない。それを見かけた奴《やつ》がいたみたいで、沙貴子が俺とくっついたなんて噂《うわさ》も出てるぐらいだしな」

パソコン使っててもパソコンの基本ってヤツにピンと来ない俺としては、裕美に何をどう教えていいのかは困るけど、沙貴子とのバトンタッチはラッキーかも。それにしても、裕美の耳にも噂は届いてたんだから、だったら当然沙貴子の耳にも……。

「そうなのよ。ヒロちゃんと噂を立てられても好きな男《ひと》なんていないから別に構いやしないんだけど、でも、いざイイ男が現れた時に幼馴染みとの根も葉もない噂が障害になったら洒落《しゃれ》にならないじゃない」

「俺もそこそこにイイ男だとは思うんだがなぁ」

「世間じゃそーゆう評判だから、初めてパソコンを教えに行った日はヒロちゃんの素振《すぶ》りを見学してもみたけど、全然ダメよ。イイ男って思うより、改めて『女の子みたいだったヒロちゃんも成長したのねぇ』って心境になっちゃうんだもの」

そんなことを言ってケラケラと笑った沙貴子は、とんでもないことを言い出した。

「そーいや、あたしたちの中で誰と誰がくっつくか、トトカルチョになってるじゃない。あたし、あんたたち二人の組み合わせに賭《か》けてんのよ。ユキちゃんなんて、ヒロちゃんに薦《すす》められただけで女装しちゃうぐらいなんだから、いっそそのままくっついちゃったら？　あんたたち二人の組み合わせって、オッズ高いのよ。ほとんどあたしの一人勝ちじゃないかな？　だから、くっついちゃいなさいって。勝ったら奢《おご》ってあげるから」

な…なんなんだ、それは？　俺達にくっつけって、だって俺達男同士で……。

――伊達《だて》に幼馴染みじゃないってことか？　もしかして、沙貴子にはとっくに、俺の気持ちも裕美の気持ちも見抜かれてた？

こ…恐《こわ》くて確認できない。しかし、裕美は大したもので、動揺《どうよう》の一つも出さずに沙貴子に切り返す。

「そりゃ、オッズも高いだろうさ。俺達、男同士だぜ？　なんだって、そんな微塵《みじん》の可能性もない組み合わせに賭けたんだ？」

「あら、だって、あたしがあんたたちのどっちかとくっつくなんて、もっと可能性がないもの」

沙貴子はにーっこり微笑《ほほえ》んだ。

「恋なんていうのは相手への興味で始まって、相手の持ってる謎《なぞ》で深みに嵌《は》まるのよ。今更、子供の頃から知ってるあんたたちの、何処《どこ》に興味を持って、どこに知らない部分があるって言うの？　恋するんだったら、多少はミステリアスな部分が残ってないとね」

は……ははは……。沙貴子のいうことはわかるような気もするけど……。俺達、幼馴染みってだけでなく男同士だけど、くっついちゃった…よな？

俺と裕美はこっそりと目配せして、微苦笑を交わし合った。

まぁ、こういうパターンがあってもいいんじゃないか？　だって、俺、今めっちゃ幸せだもん。

だけどね、沙貴子さん。幼馴染みだって意外と全部が見えてるもんじゃないんだぜ。現にトトカルチョに一人勝ちのとこ申《もう》し訳《わけ》ないけど、俺達、おまえにもこの関係を知らせるつもりはないからさ。

でも……そうだな。もしおまえが幼馴染みの眼力で俺達の関係を見破ったら奢ってやってもいいよ。もしくは、俺達がカミングアウトする気になった時には、トトカルチョで一人勝ちしたおまえに奢られてやってもいい。

もし、そんなことになったらだけどね。

朝だけじゃなく、夜の素振りも堂々と眺《なが》められる立場になった俺は、今夜も窓を開けて裕美の素振り風景を満喫《まんきつ》。そして、素振りを終えた裕美は、俺達の家の間にあるブロック塀《べい》を踏み台にして、窓から俺の部屋にご来訪。

　沙貴子とバトンタッチして、パソコン教室するよりも、逢瀬《おうせ》の為《ため》の逢瀬ってのが現実だから、裕美は毎晩玄関で呼鈴《よびりん》を鳴らすのは照れくさいらしい。

　本当は素人にパソコン教えるんだったら本人所有のマシーンで教えるのがいいんだろうけど、裕美の部屋に直通ルートはないから……だから！　いくら名目があるって言ったって、俺もこんな関係になった裕美の部屋に毎晩行くのを裕美の家族に知られるのは恥ずかしいんだよ。そんなもんで、直通ルートのある俺の部屋でパソコン教室。ＯＫ？

　そうだ、パソコン教室といえば、なんだって裕美の奴、最初は沙貴子を当てにしたんだ？　そりゃ沙貴子はパソコンに精通してるけど、最初から俺を当てにしても良さそうなもんじゃん。幼馴染みとはいえ、毎日女を部屋に呼ぶよりは、さ。

　思い出した不満を疑問にしたら、裕美は困ったように俺から顔を背《そむ》けた。

「……惚《ほ》れたおまえへの男の見栄。おまえにド素人っぷり晒《さら》して、馬鹿にされたくなかったんだよ」

　ド素人っぷり晒して馬鹿に…って、だって、うちの高校はパソコンの授業ないんだし、パソコン持ってなくて触る機会もなかったんなら、最初はド素人で当然じゃん。でも、そんなことが男の見栄…ねぇ。裕美ってゴツイ図体してるくせして、結構可愛《かわい》いじゃん。

「それに、毎晩おまえと二人きりでいたら、理性に自信がなかったからな」

「何言ってんだよ。雨の日はいつも俺の部屋来てたくせして」

「まぁ、それは置いといて……っと、痛っ」

俺の机のパソコンに向かって椅子に座っている裕美の横に立ち、裕美の眉《まゆ》の長さを整えた俺は、無駄に生えてる毛を毛抜きで引っこ抜きにかかっていた。

「こら、おまえ、本気で教える気あるのか？ さっきから邪魔ばかりして……」

「だって、裕美ってば訳のわからない質問ばっかしてくっしさ。そんな小難しいこと知らなくっても、パソコンは使える！ メールとネットは出来る‼」

「おまえって結構パソコン使えるように見えたのに、騙《だま》されてたなぁ……痛っ。おい、痛いって」

「まぁまぁ。迪瑠《みちる》が裕美は何もしなくてもイイ男って言ってたけど、この眉整えるだけでもっとイイ男になるってずっと思ってたんだ。任せろって。おまえのはっきりした濃い眉は、下手《へた》に形を変えるよか、長さを揃《そろ》えて無駄毛を抜くだけで充分なんだから」

「形を変えないんなら、そんなもん抜かなくても……痛っ。それに、なんだってあの高周波脱毛器ってのは使わないんだよ？」

「だって迪瑠が貸してくれねーんだもん」

俺は自分じゃ使おうとも思わない百円ショップの毛抜きで、裕美の眉を引っこ抜く。眉なんて整えたことのない裕美がそのたびに痛がるのが楽しくってさぁ。

「でも、裕美はパソコンなんて興味ないと思ってたのに、いきなしだもんな。どーゆう心境の変化？」

「興味がなかった訳じゃ……痛っ。それに、これからの時代には必要だろ？　パソコンが使えると、就職にも有利らしいし」

「何言ってんだよ？　野球でプロになっちまえば、パソコンが就職に有利なんて関係ねーじゃん」

「プロ……ねぇ。そりゃ俺は野球が好きだが、それはスポーツとしての執着《しゅうちゃく》だし、それを職業にするなんて考えたことなかったからな。まぁ、それはそれでこれから考えるとして、一先ずはこっちをなんとかしないと。沙貴子に脳みそ筋肉とか言われたままじゃ悔《くや》しいからな」

う〜ん、沙貴子の言った台詞にはこんな負けず嫌いを示すのに、野球に関する感覚はこれまた裕美らしいと言うかなんと言うか。

甲子園常連高校のスカウトを蹴《け》った本当の理由は、俺と同じ高校に行きたかったからなんて、欲がなさすぎて笑ってしまうね。野球自体、女の子みたいだった自分をなんとかしたくて始めたなんていうのはあくまで切っ掛けで、それだけじゃ雨風関係なく朝晩の素振りを何年も続けるなんてのは無理だってのに、その辺にも自覚がないところが笑ってしまうよ。

「んで、この『.dll』って拡張子《かくちょうし》がついてるファイルは、ソフトの共有部品だと思ってていいんだよな？」

聞かない聞かない。

「っと、そーだ。今度の日曜、一緒に映画行かないか？　考えてみたら、俺達、外で会ったことってなかったろ？　ガキの頃、近所を走り回ってたってのは別としてさ」

これは聞く！

「行く行く!!」

「まだ、何を観に行くかも言ってないぞ」

「行くよ」

俺、今きっと、とろけそうな表情してるんだろうなぁ。

俺と裕美が両想いになった日。お互いの気持ちを吐露《とろ》した後で、改めて仕切り直して好きだなんて告白し合ったりはしなかったけど、裕美は言ったんだ。

『──そしたら、これからは雨に託《かこつ》けなくても会えるな』

もうそれで充分すぎだろ？

そこでふと思ったことを俺は裕美に聞いてみる。

「そーいや、トトカルチョ。まさか沙貴子が大当たりに賭けてるとは意外だったけど、裕美は賭けてたのか？」

「ん？　ああ、おまえと沙貴子の組み合わせに賭けてたぜ。三十円だけどな」

「三十円？　なんだよ、その金額は？」

「その時、偶々《たまたま》財布にそんだけしか入ってなかったんだよ。それに、俺の恋が叶《かな》う筈はないんだからって消去法でおまえと沙貴子の組み合わせに賭けたものの、そんなんで泡銭《あぶくぜに》を得ても虚《むな》しいじゃないか。三十円だって奮発しすぎって感じだね」

唇を尖《とが》らせた裕美には、本当、笑いたくなっちまう。だから……、ええい、眉三本まとめて引っこ抜いちゃれ。

「痛ーっ!!」

「お仕置き。健全な高校球児が校内賭博《とばく》なんかに手ぇ出していいと思ってんのか?」

「たかが三十円じゃないか」

「金額の問題じゃねーって。大体、三十円だって奮発しすぎだって言ったのは何処《どこ》の誰だよ?」

「……だったら、由樹《よしき》はどの組み合わせにいくら賭けたんだ?」

え…えーとォ……。

返答に詰まった俺に、裕美はデカい図体で拗《す》ねたような顔をした後、プッと吹き出した。だから、今度は俺も一緒に笑ってしまおう。箸《はし》が転がっても可笑《おか》しい年頃なんだから、こーゆうのもいいだろう?

「それで、日曜の映画なんだがな」

「いくら初めてのデートだからって、ベタベタの恋愛物は御免《ごめん》だぞ」

俺は裕美の背中に懐《なつ》いた。自分からやっといてなんだけど、こーゆうラブラブな行動って恥ずかしいなぁ。それに、すっごいドキドキする。本当、自分でやっといてなんなんだけど、さ。

でも、このドキドキをもう裕美に隠さなくていいんだ。

目前のモニターに映し出されてるのは、教え子である筈の裕美が何やら弄《いじ》くってた画面で、俺が見たこともない画面。だから、俺はそんな画面は見なかったふりで、ドキドキしながらデートのことだけ考える。

裕美とデート。

俺は初めて心底思う。

——日曜日……晴れたらいいな。

☼ 明日の天気予報

鬱陶《うっとう》しい梅雨《つゆ》はまだ明けない。この湿気のお陰で、毎朝気合い入れてセットしてる髪も半日と持ちゃしない。おまけに、一学期の期末試験は明日からときたもんだ。まったく、憂鬱《ゆううつ》だったらねーぜ。

——なぁんてね。

憂鬱なんてとんでもない。だって、子供《ガキ》の頃からずーっと好きだった初恋の人をゲットしちゃったんだぜ？　あいつは男で俺も男だから、両想いなんて絶対に無理だと思うじゃん。だから、色々な女の子をサーチしまくって、遊び人《プレイボーイ》のレッテルにもめげずに新しい恋を見つけようと努力してたんだけど、いきなり見事な棚《たな》ボタで恋人同士になっちゃったもんなぁ。

一番好きだった人。本当に好きだった人。俺の幼馴染みで、我嵩澤《たかざわ》高校野球部のヒーロー。顔良し、頭良し、当然運動神経も良くて性格も温厚。そのくせ、それをひけらかすどころか嫌味にも感じさせない出来過ぎな男、灘元裕美《なだもとひろみ》——…。

試験前日の授業は午前中のみ。学校からの帰路、俺は距離をあけて隣を歩く裕美の横顔をチラリと眺《なが》めた。

この人と……裕美と恋人になれたんだから、そりゃ、遊び人の汚名なんかすっぱりきっぱり返上じゃん。いくら実質的にはラブラブでも、男同士で公《おおやけ》にお付き合いって訳《わけ》にゃいかないけど、実る筈《はず》のない初恋が実ったんだから、あとはノープロブレム。それこそ季節モノの憂鬱《ブルー》になってるどころじゃないよ、毎日ハッピーすぎちゃってさ。

「なに独《ひと》りでニヤニヤしてんのよ、気持ち悪いわね。暑さと湿気で頭がやられたんだか、明日からの試験の結果に今から絶望してヘラヘラ笑うしかなくなってんだか」

呆《あき》れたような沙貴子《さきこ》の声で、俺はハッと我に返った。

あっと、そっか。裕美と俺の間に距離があるのは、間にこいつがいたからだっけ。裕美しか見てなくて、こいつの存在なんて忘れ切ってたあたり、俺も正直だなぁ。しっかし、それにしても口の悪い女だぜ。

組み合わせ《カップリング》の行方が全校規模のトトカルチョにまでなっている幼馴染みトリオ。野球部の朝練がない時は相変わらず毎朝一緒に登校してても、下校まで三人一緒ってのは珍しい。

裕美の横顔に自分がどれだけニヤついてたのかにゃ自覚ないけど、俺は存在を思い出した沙貴子に向かって改めてヘロッと笑ってやった。

「へへーん、今回の期末はご心配なく。なんたって、今日から裕美とバッチシ勉強することになってっからな」

沙貴子は呆れた顔のまま、視線を俺から裕美にスライドさせる。

「ヒロちゃん、本気？　流石《さすが》に今日から試験中一杯は別としても、ここんとこ連日野球部の練習があって家ではあまり勉強できてなかったんじゃない？　それなのに、コレの面倒まで見るの？」

一度とはいえ甲子園に行ったことで以前より練習は増えたけど、それでも我校は相変わらず部活に熱心じゃない。進学校って訳でもないけど、今年の夏のうちの県の地区大会は七月下旬からだから、まずは一学期末の試験優先ってあたり、裕美は大変だよなあ。

って、沙貴子の奴、そこで俺を指差してコレ扱《あつか》いかよ？　とことん失礼な女だぜ。裕美もなんなんだよ、その苦笑いは！

「沙貴子も一緒にやるか？」

「冗談でしょ？　勉強会なんて名目掲《かか》げたって、絶対にユキちゃんの家庭教師《こもり》させられるに決まってるもの」

言い切った沙貴子に、ここでも裕美は苦笑いしただけだった……って、それはいいんだけどさ。

こら、裕美。なんで沙貴子なんて誘うんだよ？　沙貴子がOKしないの見越して誘ったのかもしんないけどさ。でもさ。む〜っ。

裕美と初めて二人きりでの試験勉強。それには、たとえ相手が沙貴子でも、口先だけだったとしても、第三者なんて誘って欲しくなかった。

そんな不満を俺が顔に出す前に、沙貴子がなんとも微妙な表情をする。

「でも、その勉強会ってどっちの家でやるの？　ユキちゃん家《ち》でって訳にはいかないんじゃない？」

「俺ん家でやることになってる。仕方がないだろ？」

「中学になってから、ヒロちゃんの誕生日はいつも一学期の期末試験直前か最中に当たってたから、ヒロちゃんにしてみれば安心だったんだろうけど」

「何心配してんだ、沙貴子。明日から試験なんだから、いくらなんでも誕生日会なんかに付き合ってる余裕はないぜ？」

「そりゃそうよ。お誕生日会なんて年齢《とし》でもないしね。けど、相手があの人だから……」

裕美を真似たみたく苦笑いになる沙貴子に、裕美はそれまでの苦笑に加えて溜息《ためいき》を一つ。そんでもって、俺は裕美の溜息の方に付き合った。

幼馴染みトリオだから通じる会話と反応。あの人のことは嫌いじゃない…ってーか、どっちかってーと好きなんだけど、でも、ちょっとついていけないって感じ。可愛《かわい》い人だし、いい人なんだけどね。


「いらっしゃい、ユキちゃ～ん。久しぶりねー。ママ、ユキちゃんがまた遊びに来てくれて嬉《うれ》しいわぁ♡」

沙貴子と別れて、隣なんだから一度自宅《いえ》に帰っても良かったんだけど、真《ま》っ直《す》ぐ裕美の家に行った俺を玄関先で出迎えたのは、少女漫画だったらバックに花か点描が確実に飛んでいるだろう裕美のお母さん。

肩より少しだけ長い髪はふわふわで、とても高校生の子供がいるようには見えない可愛い系美人は、フリルのついたエプロンが超お似合い。けど、満面の笑顔で両腕広げて出迎えられたって、裕美の前でその胸に飛び込む訳にゃいかないだろ？　あ、いや、裕美の前だからって問題じゃないんだけどさ。大体、久しぶりってほど久しぶりに会う訳でもないじゃん。

ちょっと前に久々に裕美の部屋に来て、そこで俺達は両想いになったんだけど、あの時は誰もいなかったから、裕美の家で裕美のお母さんに会うのは確かに久しぶり。でも、こんだけ近所なんだから道端で顔を合わせることはあったし、そのたびにちゃんと挨拶《あいさつ》はしてたんだけどな…って、そんな理屈はそれこその人にゃ通用しないか。

下手《へた》な理屈を捏《こ》ねるより、ここは素直に頭を下げとこ。

「……お久しぶり…です」

「『お久しぶりです』だなんて、ユキちゃんたら他人行儀だわぁ。ママ、ユキちゃんのオムツ替えたこともあるのよォ。でも、また遊びに来てくれるようになって嬉しいィ。もぉもぉ、本当に綺麗《きれい》になっちゃってー。裕美ちゃんたら、最近すっかり大きくなっちゃって、ムサくなっちゃって、フリルもリボンも全然似合わないんだもの。ママ、つまらなくってー。ユキちゃんかサキちゃんがママの子だったら楽しかったのになぁって思うのよォ」

そりゃ似合うかもしれないけど、男の俺にフリルやリボンが似合ってどーすんだよ？　それに、いくら女だからって……。

「沙貴子にフリルやリボンは、ちょっと似合わないと思うけどなぁ」

ちょっとどころか、めちゃくちゃ似合わない。はっきり言って沙貴子にフリルやリボンなんて、ギャグのレベルだぞ。

けど、彼女にそんなのは関係ないらしい。

「ユキちゃんぐらい可愛い子じゃないと、男の子は大きくなるとほんっっっとにつまんないわぁ。お雛《ひな》祭りもできないし、お赤飯だって炊《た》けなかったのよォ。お誕生日会もここ何年もさせてくれないしィ」

大きくならなくても、男は雛祭りなんてやらないだろ？　そんでもって、お赤飯ってのは？　あ……あ〜、アレか。でも、我家《うち》は迪瑠《みちる》の……姉貴の時も赤飯なんか出なかったぞ。誕生日会にしたって、小学生の頃はまだしも、高校生にもなってやる男っている？　おまけに、この誕生日会ってのがこれまたイッちゃってる誕生日会だったし、今じゃ裕美もバリ硬派って感じだしなぁ。

「でも、裕美ちゃんに聞いたけど、テストが終わるまでユキちゃんは毎日来てくれるんでしょ？　だったら、明後日《あさって》は数年ぶりに三人でお誕生日会しましょ。ママ、張り切って準備するわ。今日もね、ユキちゃんが来てくれるっていうから、ケーキ作ったのよ。朝から頑張ったの。オペラなのよォ」

俺に向かって話してはいるんだけど、どんどん独りできゃぴきゃぴと突っ走っていく母親に、それまで傍観《ぼうかん》していた裕美も流石にここでこれ見よがしの溜息をついた。

「母さん、ちゃんと言っといただろう？　由樹《よしき》は遊びに来た訳じゃないんだから」

「ちょっとぐらいいいじゃない。大体、その『母さん』って呼び方、ママ、可愛くなくて嫌いだわ」

「俺は『裕美ちゃん』って呼び方だけじゃなく、母さんの一人称が『ママ』なのも嫌いだよ」

裕美らしくない反論。こりゃ、日頃のストレスがよっぽど溜《た》まってるんだな。そりゃ、裕美みたいなゴツイ野郎が『ママ』とか言ってたら大笑いだけど、この人相手にそんな言い方したら拙《まず》いって。

「ひどぉい、裕美ちゃん。昔はママのことちゃんとママって呼んでくれたのにぃ。ママのこと、嫌いになっちゃったのォ？」

あーあ、自分の母親にベソかかせるなよ。しょーがない、ここは俺がフォローしといてやるか。

「えっと、さ。折角苑香《そのか》さんがケーキ作ってくれたってんだし、勉強に入る前にお茶に付き合うぐらいはいーんじゃねぇ？」

『母さん』って呼び方が嫌いなら、『おばさん』なんて呼ぶのは言語道断。まぁ、この人に『おばさん』ってサウンドほど似合わないものもないんで、抵抗感なく名前を呼んで裕美に同意を求めた俺に、苑香さんが鼻をグスンといわせながら上目遣《うわめづか》いで口を挟む。

「ユキちゃんもママのことママって呼んでくれないのね。ユキちゃんまでママのことが嫌いなのォ？」

あ…あの～、実の息子《ひろみ》でさえこの年齢《とし》になったら『ママ』なんて恥ずかしくて呼べないのに、俺が呼べる訳ないっしょ？　そこでいきなり『嫌い？』だなんて極端だなぁ。

そんだけ、苑香さんはイジケモードに入っちゃったらしい。そんな母親に、裕美はもう一度溜息をついて妥協案《だきょうあん》。

「わかった。今日はお茶に付き合うから、明後日の誕生日会はナシだぞ。とにかく由樹は遊びに来たんじゃなくて勉強しに来たんだから、母親として息子達の勉強を邪魔しないように」

どっちが年上だかわかりゃしない裕美の台詞に、それでも苑香さんは誕生日会がやりたいと多少ぐずったが、『だったら今日のお茶にも付き合わない』という裕美の一言で仕方なさそうに折れた。

本当にどっちが年上かわかんない。年上年下の前に実の母子なんだけどさ。

「はーっ、落ち着くーっ。苑香さんが相変わらずなら、この家も相変わらずだよな。こないだはこの部屋に直行しちゃったからつい普通の家になったみたく錯覚《さっかく》しちゃったけど、おまえの部屋だけでも変わってくれてて良かったよー」

約一時間後。苑香さんへの付き合いから解放されて裕美の自室に入った俺は、部屋の中央にローテーブルを用意してる裕美を尻目《しりめ》に、ベッドにダイビングして全身を伸ばした。

「籐《とう》の家具、窓にはレースのカーテン、花とピンクのリボンでコーディネートされたリビングにゃ山のようなぬいぐるみ付きときたもんだ。いや、女の子の趣味として、わからなくもないんだけどさ」

それに裕美は、心底うんざりしたような表情《かお》をする。

「人の母親を『女の子』扱いするなら、いっそ『苑香さん』じゃなく『苑香ちゃん』って呼んでやれ。『ママ』って呼ばれるのと同じぐらい喜ぶんじゃないか？」

「裕美、苑香さんのことになるとやけに尖《とんが》るなぁ。もしかして、マジに嫌いなの？」

「……こっちはいつも尖《とが》ってる訳じゃない。ただ、あっちはいつもあの調子なんだから、たまには尖りたくもなるだろう？　過去の汚点の元凶《げんきょう》ってだけでなく、俺は反抗期さえあの調子で済《な》し崩《くず》しにされたんだぞ」

反抗期さえあの調子で済し崩しにされた？　普通、反抗期ってのは済し崩しにならないから反抗期なんだろう？　ってことは、裕美の反抗期と性格が、苑香さんのキャラクターに太刀打《たちう》ちできなかっただけじゃん。——とは言わないでおこう。

確かにあーゆう母親ってのは、ちょっと困るよな。苑香さんは可愛いし、美人だし、若いし、他人の俺からすりゃそーゆう母親って羨《うらや》ましくもあるんだけど、それでも精神的な体力は消耗《しょうもう》させられる。そーゆう人と実の母子やってて、一緒に生活してる裕美としちゃ、俺みたく『可愛い』とか『好き』だけじゃ済まないだろうし。

それに、裕美が子供の頃女の子みたいだったのは九割方苑香さんの育て方とコーディネートのせい。『裕美』って名前にしたって、

『裕美なんて女みたいな名前嫌だ！　なんでこんな名前つけたんだよ!?』

『だって、ママ、郷《ごう》ひろみのファンなんだものォ』

『郷ひろみって、芸名じゃないか!!』

『あら、裕美ちゃんの名前は郷ひろみの本名の原武《はらたけ》裕美からつけたのよ？　郷ひろみ、男の人じゃない？　カッコイイじゃない？　ほーら、ちゃんと男の子の名前よォ。ママ、裕美って名前大好き♡』

で終わらせられたらしいもんな。アレが裕美の反抗期の、最初の挫折《ざせつ》か？

そう考えると、昔はリビングと同様、レースやらぬいぐるみやらで飾られてた裕美の部屋が、極《ごく》普通の部屋になってるだけでも涙ぐましい努力の結果なんだろう。男の部屋にしちゃ片付きすぎだけど、下手《へた》にちらかそうものなら苑香さんが掃除に託《かこつ》けて模様替えまでやりかねないだろうし。う〜ん、実に想像に容易《たやす》い。

だとすると、裕美が野球を始めた切っ掛けが俺だとしても、それを続けて汗臭《あせくさ》い男になったのは苑香さんへの反抗の延長って気がする。

でも、さ。

「裕美の過去は汚点ばかりじゃないだろ？　あそこで俺がしっかり勘違いして、うっかり初恋なんてしちゃったから、今の俺達がある訳だし」

両想いになる前だったら『ご愁 傷様《しゅうしょうさま》』って台詞《セリフ》が出てたんだろうけど、つい素直に言ってしまった俺に、ローテーブルをセッティングし終わって教科書とノートをカバンから出していた裕美は少しだけ驚いたような視線を俺に向けた後、柔《やわ》らかく微笑《ほほえ》んだ。

「ほら、いつまでもベッドでゴロゴロしてない。一時間近くも無駄にしたんだからな」

俺は素直すぎた自分にちょっとだけ照れながらベッドを下りると、ローテーブルを挟んだ裕美の向かい側で自分の勉強道具の用意を始める。

「――さっき俺が尖ったのは、帰ってきた途端、母さんにおまえを独り占めされかけたからだよ」

えっ？

脈絡のない裕美の言葉に、俺は思わず作業の手を止めて顔を上げた。っと、目の前に裕美のドアップ。

「俺は独占欲が強いし、嫉妬深《しっとぶか》い男なんだ」

普段、日和見《ひよりみ》なぐらいおっとりと構えてるっていうか、どっしりと構えてる裕美の口から『独占欲が強い』とか『嫉妬深い』とか言われるとサウンドとしちゃ違和感があるんだけど、俺に好きな男がいるって勘違いした時のこいつの強烈な態度を思い返してみると……っとと、そんなこと考えてる場合じゃないって！

こ…この流れは、もしかして、セカンドキスに行く…のかな？　テーブルに身を乗り出した裕美の顔がどんどん近づいてきて……うわっ！

俺は全身に力を入れて、ギュッと両目を閉じた。だ…だって、ファーストキスの時はいきなりだったから、心の準備してる暇《ひま》もなかったけど、今回は……。うわっ、うわーっ、心臓が鼓《こ》膜《まく》の内側で跳《は》ねてるっ。血がギュワンと一気に上って、頭の血管ブッ千切れそ。

俺の唇にそっと触れてきた裕美の唇。けど、その唇は笑いを含んですぐに離れた。

「そんなに緊張《きんちょう》して、歯まで食いしばるなよ。そんなでよくあんだけ派手に女をたらしてたもんだ」

そんなこと言ったって、女の中にゃこんなに緊張することした相手っていなかったもんよ。それは裕美だって知ってるじゃん。

「ほら、リラックスして」

だから、そんなこと言ったって……と反論する前にまた唇に吐息《といき》を感じたから、俺は目を開ける暇もなかった。

今度は包み込むようにして、再び重なってきた唇。裕美の舌先が引き結ばれた俺の唇を静かにノックする。そのノックがすごく優しかったから、リラックスってとこまではいかなかったけど、俺は噛《か》み締《し》めていた歯の力をゆるめて、薄く唇を開いた。

セカンドキスにして初めて知る他人の舌の感触は、裕美の舌だから気持ち悪くない。それどころか、歯の裏や上顎《うわあご》を舐《な》められて、俺の舌と絡《から》められたりすると〜っ。

ドキドキや緊張じゃ済まないヤバイ状態になりだして俺が慌《あわ》てた時、裕美の唇が濡《ぬ》れた音をさせて俺の唇から離れた。

「……まいった」

え？　な…何が？

裕美に濡らされた唇をそのままにしてキスの余韻《よいん》に浸《ひた》ったりしたら本格的にヤバイ状態に突入しそうだったから、咄嗟《とっさ》に拳《こぶし》で唇を拭《ぬぐ》った俺の目前で裕美は濡れた唇を拭うよりもテーブルに突っ伏す。

「あの……裕美？」

俺の問い掛けに、テーブルから僅《わず》かに顔を上げた裕美の上目遣いの視線。無表情な顔に、その瞳だけが恐いぐらい真剣な色をしてたりするから、俺は訳もわからずにギクリとしてしまう。

な…何？　なんだって、そんな顔で、そんな瞳で、俺を見るんだ？

「あ…あの……？」

その時、ドアがコンコンと叩かれて、苑香さんがひょっこりと顔を出した。

「ねぇねぇ、裕美ちゃん。渡すの忘れてたんだけど、ママ、昨日お買い物に行った時、可愛いパンツ見つけたから買ってきたのよォ」

「え？」

俺達二人は同時に振り返る。その視線を受けながら、開いたドアから半身を覗《のぞ》かせた苑香さんは両手の指先で摘《つま》んだそれを広げて見せながら嬉しそうににっこりとした。

「ほら、パンツ♡」

裕美は思い切り脱力。俺はここでもどう反応していいかわからない。

苑香さんの言うパンツはズボンとかスラックスの類《たぐい》じゃなくて、まんま下着のパンツ。それも、キッチュなプリントにレースまであしらってあるTバック。こ…これ、裕美が穿《は》くのかよ？　マジで？

啞然《あぜん》としながら苑香さんが手にしたパンツと裕美を交互に見比べてしまう俺の前で、裕美は力一杯溜息をついた。

「俺は男物しか穿かない」

「これ、紳士物よォ」

「いつものしか穿かない」

「え～っ、裕美ちゃんたらいつも穴が開いてる白いのしか穿かないじゃない。そんなの可愛くな〜い。つまんな〜い。ほら、これは穴も開いてないし……」

「——おふくろ。俺達、お茶にはちゃんと付き合ったよな？　勉強があるとも言っただろう？」

溜息じゃ埒《らち》があかないと踏んだ裕美は、眉間《みけん》に深い皺《しわ》を刻んで苑香さんを睨《にら》みつけた。でも、苑香さんにはその眼光よりも裕美の一言の方が利《き》いたらしい。

しょぼんとして、こそこそとドアを閉じる苑香さんは少し可哀相《かわいそう》な気がしたけど、あれを裕美に穿かせようってのは無謀すぎだって。

でも、ある意味いいタイミングで苑香さんが来てくれたのかな？　あそこで水さしてくれなきゃ、俺、とてもじゃないけど勉強モードにゃなれなかったもん。

それでも、裕美が見せた表情と瞳は長い付き合いの中でも俺が初めて見る類のもので、勉強に入ったからってそれを意識から完全に消すことはできなかったんだけど……。裕美がそんな顔をした意味を考えずにはいられなかったんだけど……。

男の誕生日会とは思えない乙女《おとめ》チックモード全開の誕生日会を、裕美《ひろみ》は今年も無事に回避。その代わりってゆーか、俺が連日訪ねてきてる以上、苑香《そのか》さんによってお茶会は勉強前の絶対義務にされてしまった。まっ、一時間近く付き合ったのは初日だけで、あとはずっと三十分程度のお茶会だったんだけどね。

そのお茶会を済ませて、裕美の部屋で勉強を見てもらう……じゃなくて、一緒に勉強するのも今日が最終日。初日に、その……結構濃厚なキスをした割に、その後は指先が触れ合う機会もなかったぐらいめっちゃ健全にお勉強だけしてたんだけど、そんでも俺の心臓はその間中ドキドキしてた。

パソコンを習うって名目で、両想いになって以降裕美は頻繁《ひんぱん》に俺の部屋に来てたし、その時もいつも二人きりだったけど、だからってドキドキしなくなるもんじゃないんだよ、こーゆうのは。だって、恋ってそーゆうもんだろ？　裕美の教え方が上手《うま》いから、いくらドキドキしながらの勉強でも、いつもの一夜漬《いちやづ》けより今回の試験のが手ごたえはあるんだけどさ。

「――…で、ここは確実に試験に出る筈《はず》だから、しっかり暗記しとけ」

「うん」

「それで、明日で試験が終わって、明々後日《しあさって》から野球部の合宿が始まるけど、明後日《あさって》は空《あ》いてるんだ」

「うん。……ん？」

裕美に言われたとこをマーカーしてる俺に、裕美はすっかり板についた家庭教師面《づら》の家庭教師声のままでいきなり話題を変えるから、俺は一瞬惚《ほう》けてしまう。

そんな俺に視線も向けず、テーブルに広げた教科書を覗《のぞ》き込《こ》んだ姿勢のままで、裕美はその先の言葉を紡《つむ》いだ。

「両想いになって初めての誕生日だったってのに、試験と母さんに邪魔されていつもと同じ一日で終わっちまっただろ？　でも、俺としてはタイムラグが発生しても恋人《おまえ》からの誕生日プレゼントは欲しいと思ってるから……もらってもいいか？」

あ…ああ、誕生日プレゼントか。裕美と両想いになったからには、こ…恋人としてプレゼントぐらいは贈《おく》るのが当然かな？　でも、あまり高いものは俺の経済状態からいって……。

「おまえをもらっても……いいか？」

――はい？

『おまえをもらっても……いいか？』

『おまえをもらっても……いいか？』

『おまえをもらっても……』

俺の頭の中でその言葉がリフレインした。

俺をもらってもいいかって、両想いになった段階で気持ち的には俺は裕美のものなんだから、ここで敢《あ》えて欲しいって言ってきたのは、つまり……その……。

先刻とは違う意味で惚ける俺に、裕美は尚《なお》も教科書から視線を上げずに言葉を続ける。

「我家《うち》は母親《あいつ》が年中いるけど、由樹《よしき》の家はおばさんがパートしてるみたいだし、おじさんは毎晩八時過ぎないと帰らないみたいだし。問題は迪瑠《みちる》ちゃんだけど……」

「あ…ああ、明後日なら母さんもパートが入ってるし、父さんは黙ってても八時過ぎまで帰ってこないし、迪瑠はこないだから大学の友達とイタリアに行ってる…から……」

あ…あれ？　俺はうちの家族のスケジュールを答えただけなんだけど、これって裕美にＯＫ出したのと同じことになる…のかな？

「そうか。ところで、こっちの年表なんだけどな」

「え？　あ……うん」

脱線した時と同様、またしてもいきなし勉強モードに戻った裕美に、俺も表面的に合わせはしたけれど……。

『おまえをもらっても……いいか？』

ああ、その台詞《セリフ》が延々頭の中でリフレイン。つ…つまり、俺は明後日、裕美と一線を越える約束をしちゃったってこと…なのか？　どっひゃーっ！

ちょっと待て！　ちょっと待てよ!!　いきなりそんな展開に持ってかれたって困るって。俺達まだキスだって二回しかしてなくて、キスだけでも俺は、その……そーゆうふうになっちゃうんだから！　あ、いや、キスだけでそうなれるってことは、逆に問題ないといえば問題ないんだけど。

付き合ってんだから、いずれは、まぁ、そーゆうことに行き着くんだろう。ってーか、俺だって裕美が好きなんだから、そーゆうことをまるっきし期待してなかったって言ったら嘘になるんだけど。

……でも……。

「こら、何見てんだ？　おまえ、ただでさえ歴史系は弱かったろ？　ほら、ちゃんと集中する」

「えっ？　あ、ああ」

裕美に教科書をペン先でトントンと叩かれ、俺は慌《あわ》てて視線を裕美の顔から教科書に落とす。だけど、勉強に集中するどころか、これは意識を切り替えるのも難しいって。

裕美の奴《やつ》、本気…かな？　そりゃ、両想いで、恋人なんだから、本気でもおかしいことじゃないんだろうけど……。

——だって、俺達、男同士なんだぜ？

両想いになって、恋人になった段階で、男同士なんてのは関係ないのかもしれない。男同士でこうなれたのは俺にとって奇跡のような幸運だったんだから、一線を越えることだって幸運だと思ってしまえばいいんだけど、拘《こだわ》らずにはいられない。

俺は上目遣《うわめづか》いにそっと裕美の顔を窺《うかが》った。

裕美から言い出したことなんだけど……それでも……。

——裕美はそれでいいのかな？

翌日の今日、試験終了。試験前日から毎日一緒に帰ってきてた沙貴子《さきこ》とまず別れてから、俺の家の前で裕美とも別れた。裕美は明日のことを確認したそうな素振《そぶ》りを見せて、でも何も言われなかったから、俺も何も言わなかった。だって、何をどう言うんだよ？

玄関を入った俺は、真《ま》っ直《す》ぐに自室に行くと、制服も脱がずにベッドにダイビング。

「はーっ、終わった終わったぁ」

能天気に上げた自分の声が空々しい。今日も母さんはパートだから、昼メシ、どーしよ？ あんま腹減ってないから、食わなくてもいいか。このまま寝ちまうかな？ いくら裕美に教えてもらってたっていっても、試験中はギリギリまで足掻《あが》かないじゃいられないぐらい日頃の勉強不足《ツケ》がたまってた俺としちゃ、睡眠不足でへろへろ……の筈なんだけど……。

俺はころりと寝返りを打つと、無意識に目前のシーツを指先で撫《な》でた。

——本気、かな？ 本当に明日、俺はこのベッドで、裕美とそーゆうことになる…のかな？

俺は誰もいない部屋で一人で顔を真っ赤にしながらそれを想像する。

がたいからしても、ルックスからしても、そうなると俺が抱かれる側になるんだろう。同じ男なんだから俺が裕美を抱いてもいい筈なんだけど、裕美を抱く自分の姿なんて俺自身にも想像がつかない。俺なら女役もナチュラルだろうけど、あんな男臭《おとこくさ》い奴が女役なんて想像がつかないってより、下手《へた》に想像するとちょっと気色悪いとか思っちゃうのは、愛が足りないからじゃないよな？

俺はしみじみと呟《つぶや》いた。

「女役かぁ」

俺達は両想いで恋人同士だけど、どっちも彼女にはなれない。恋人同士だったらそうなるのが自然の行為でも、俺達の場合、どっちかの性を捻《ね》じ曲《ま》げる不自然な行為だ。それでも裕美は、それをしたいと望んでくれた訳《わけ》で……。

俺？ 俺は、そりゃ、まぁ、したくないとは言わないというか、どっちかっていうとしてみたいって言うか。そーゆうことに興味ある年頃だしさ。でもそれだけなら、そーゆう水を向けてくれた女の子ととっくに経験してた訳で……。

つまり、相手が裕美だから……男同士でもそうなりたいって思う。女は上半身で恋をして、男は下半身で恋をするってよく言うけど、俺は全身で裕美に恋してるもん。全身で裕美をモノにして、全身で裕美のモノにされたいって思っても当然じゃん。

——けど、裕美は……？

考えてみたら、こないだのセカンドキスまで、ファーストキスから間があったよなぁ。二人きりには何度もなってたし、デートだってしてたし、キスする機会なんていくらでもあったのに……って思うと、裕美の方は男同士ってことに拘りがあるんじゃないか？ そりゃ、俺だってまったくない訳じゃないんだけど。

両想いになった途端、男同士ってことをまったく気にしなくなれるなら、可愛《かわい》い女の子サーチしまくりの無理矢理な脱初恋に足掻いたりもしてなかったと思うんだよね。だって、恋愛するのに性別って決して低くも薄くもない壁じゃん。それがわかってるから、今だって世間体気にしながら秘密のお付き合いなんてしてるんだし。それでも、俺は裕美が好きだから……相手が裕美だったら……。

だけど、裕美はどうなんだろ？　俺と同じで、男同士って壁より俺を好きって気持ちの方を強く持ってくれてんのかな？

——こんなふうに不安になるのは、セカンドキスの時の裕美の反応があるからだ。あれって、裕美が男同士に抵抗感があるって証拠だったんじゃねぇ？　両想いになって、改めてキスしてみたら、やっぱ男同士でそーゆうことするのに違和感覚えちゃってさ。裕美は真面目《まじめ》だから、そこであーゆう恐いぐらい真剣な表情で改めて俺達の関係を考えちゃった…とか。あう〜っ、それってすっげぇありそうな気がする。

だったら、なんだって裕美からあんなこと言い出すんだ？　あっ！　ああ、そうか。そうだよ、裕美は本当に真面目だからさ。裕美から告白してきて、キスしてきて、それで俺達の関係が変わったのに、今更《いまさら》『やっぱり男と恋愛関係として付き合うのは無理だ』なんて言える訳ない。だったら、一思いに行くとこまでイッちまえって荒療治《あらりょうじ》のつもり？　踏ん切りってーか、諦《あきら》め？

そうだとしたら、そんなで初体験させられる俺の立場はどーなんだ⁉　それに、いざ至ってから『やっぱり男なんて抱けない』とか言われたら、俺、それこそ立ち直れないぞ。だからって、明日《どたんば》になって俺からNOなんてのも言えない。だって、俺は男同士でも裕美が好きなんだから。誰よりも何よりも裕美が好きなんだから。

やっとこ試験が終わったってのに、俺の脳みそはフル回転。そして、俺が見つけた答えは我ながらチープというか陳腐《ちんぷ》というか……。でも、俺の頭じゃこんなことぐらいしか思いつけない。俺はめちゃくちゃ裕美のことが好きで、裕美がどんなつもりだろうと俺を抱いてくれるってんなら、俺は俺なりに精一杯裕美に協力するっきゃない。

あれ？　なんか問題がすり替わってる？　ええい、そんなのはこの際どーでもいいって！　俺は勢いをつけてガバッと起き上がると、その勢いのままにベッドを下りて迪瑠の部屋へ向かった。

その日は朝から気もそぞろ。試験休みに入ったってのに、いつもと同じ時刻に朝食の席について、両親を揃《そろ》ってビックリさせちゃったりしてね。もっとも、朝メシなんてほとんど喉を通らなかったんだけどさ。

　母さんがパートに行くと同時に風呂《ふろ》入って、身体《からだ》の隅々《すみずみ》まで磨《みが》き上《あ》げて、冷房《クーラー》きかせてキンッと冷やした自室に戻った。だって、折角《せっかく》風呂入ったのに、汗かいたら元も子もないだろ？　迪瑠《みちる》の部屋から勝手に拝借して使ってるオードトワレは、いつもだったら男女問わない香りのcK《シーケー》 one《ワン》。だけど、今日だけは間違っても男がつける香りじゃないシャネルのCOCO《ココ》。これって夏の香りじゃないけど、女が切り札にするような香りって感じだからさ。

　こーゆうのって、物欲しそうかな？　いや、物欲しそうなのは、それよりもこの恰好の方か。

　何時にって約束はしてなかったけど、裕美《ひろみ》は午前中のうちに我家にやってきた。

「午前中に来るなんて失礼かとは思ったんだが、おばさんのパートが何時までか聞いてなかったから、時間には余裕を持った方がいいかと…思っ…て……」

「は…早く入れよ！」

　裕美を玄関で出迎えた俺は、半開したドアの隙間から裕美を中に引《ひ》き摺《ず》り入《い》れた。流石《さすが》にこの姿をご近所に晒《さら》す勇気はない。

　俺はさっさとドアを閉じると、裕美を自室に促《うなが》した。

「――なんなんだ、それ？」

　自室に辿《たど》り着《つ》く前、階段を上ってる途中で、俺の背中に裕美の怪訝《けげん》そうな声が掛けられる。

　俺は後ろを振り返らずに、意識した何気ない口調で答えた。

「なんだよ、初めて見るでもないくせに」

「いや、そういうことじゃなくて……」

「この方がお互いに抵抗感ねーかな、とかさ」

昨日、迪瑠のクローゼットを二時間以上掛けて物色した成果をそんなふうに言ったのは、俺のせめてもの見栄。

キャミソールとメッシュを重ねたミニスカートって組み合わせはビビッドで、これだったら前回と違ってハーフウィッグつけなくても女に見えるだろ？　最中にウィッグが取れたりしたらマヌケだから、髪型《あたま》、このままでもいけるのを迪瑠の服の中から選ぶのは大変だったんだぞ。まぁ、いつもとブローの仕方は変えたし、眉《まゆ》も今までにない細さに整えたし、前回の女装より今回のが出来は上じゃねぇ？　お陰でしばらくはアイブローペンシルなしじゃいられねーって。あ、眉をここまで抜きすぎちゃったら、アイブローパウダー使った方がいいか。

献身的だろ？　だから、……だから、さ。見掛けだけでも男じゃなく女だったら、少しは抵抗感なくなるんじゃねぇ？　なくなる…よな？

「そう…だな」

俺の言葉にボソリと同意した裕美に、俺はホッとしたような悲しいような……。

やっぱ俺の推理通り、裕美は男同士ってのに抵抗感あったんだなぁ。そりゃ、いくら好きだからって元々そういう性癖《せいへき》だってんじゃなきゃ、微塵《みじん》の抵抗感もない方がおかしいんだけどさ。

「でも、おまえはそれでいいのか？」

部屋に入って、ドアを閉じた途端、裕美が真顔で聞いてくるから、俺は悲しい気持ちよりも嬉《うれ》しい気持ちを掻《か》き集《あつ》める。

男同士ってことに抵抗感があっても、俺を欲しいって言ってくれた裕美が嬉しい。大好きな裕美と特別な抱き合い方をできるのが嬉しい。

二人きりになった冷房のききすぎた部屋。俺は意を決すると自分から裕美の首に両腕を回して抱きついた。裕美は戸惑《とまど》ったように俺の腰に手を回しながら『あれ？』と疑問の声を立てる。

「おまえ、今日、匂《にお》いが違う？」

「うん。今日は裕美の女になる日だから……」

俺は裕美の為《ため》なら男のプライドなんてゴミ箱に捨てられる。

「――女になる。裕美が相手だったら、女になれる。だから、裕美の女にして…よ」

俺は顔から火を噴《ふ》く思いでそう告げた。それなのに、裕美は沈黙。俺の身体を抱き締め返してもこない。

な…なんか反応してくれよ。恥ずかしいだけじゃなく、居《い》た堪《たま》れなくなる。いくら女装が似合うからって、男から『女にしてくれ』なんて言われた裕美はどう感じたのかなって不安になってくるじゃないか。もしかしたら俺の努力が裏目に出たのかって不安になるじゃないか。

自分の鼓動《こどう》の大きさに耳鳴りがする。俺は俺なりに必死に考えて、無理したんだけど、それにしたって馬鹿やっちまったかも……と情けなくなって鼻の奥がツンとした時、裕美の鋼のような両腕がいきなり俺を力一杯抱き締めた。

「だったら、『由樹《よしき》』より『ユキ』のが感じが出るかな？　な、……ユキ……？」

耳元に寄せられた裕美の顔。熱い吐息《といき》で囁《ささや》かれた久しぶりの呼ばれ方に、ゾクンとくる。

俺、『ユキ』って呼ばれ方は女みたいで好きじゃなかった。だから、裕美に呼び方を直させたんだけど、今回はシチュエーションがシチュエーションのせいか、なんか……なんか……。

「好きだ、ユキ。ずっとおまえだけ……」

いつもより低い裕美の声に尾骶骨《びていこつ》を直撃されたところで、唇を奪われて超ディープなキス。

「ん…っ」

俺は裕美の首にしがみつきながら、裕美の舌の動きに懸命《けんめい》になって応《こた》えた。濃厚すぎるキスだけでも息苦しいのに、俺の背骨を砕きそうなぐらい強い裕美の抱擁《ほうよう》にマジ酸欠《さんけつ》。けど、呼吸の不自由さにまでゾクゾクくる。

「ユキ……ユキ……」

裕美って、こんなイイ声してたんだ。それより、こんなキスの合間によく名前なんて呼べるな。俺は息するだけで精一杯なのに。

――っと、えっ!?

ビクンと身体を震わせた俺の表情が、そんなに情けなかったのかな？　裕美は俺の顔を覗《のぞ》き込《こ》んで宥《なだ》めるような苦笑を浮かべてから、俺の頬に唇を滑《すべ》らせた。

「大丈夫だから」

「あ…っ」

いつのまにか抱擁を解いた裕美の両手が、俺の太股《ふともも》を撫《な》で上《あ》げ、撫で下ろし、やがてスカートの中に滑り込んできた。

そこで今度は裕美の方が唖然《あぜん》とした表情をする。

「おまえ、コレ……?」

あ、やっぱ気づいたか。だって俺、トランクス派だからさ。

スカートの下のトランクスっていうビジュアルの見っとも無さは、前回女装した際の実感で知ってる。だからって、迪瑠のパンティーまでは拝借《はいしゃく》する気になれなかったから……。苑香《そのか》さんが裕美に買ってきたパンツ、結局俺が押し付けられたんだよね。『ユキちゃんだったら穿《は》いてくれるでしょ?』ってさ。けど、いくら俺でもこのデザインは、こんなことでもなけりゃ穿かなかった気がするぞ。

もっとも、そんな言《い》い訳《わけ》をする暇《ひま》もなかった。

「まぁ、ユキなら似合う…かもな」

下着をつけてるとはいってもTバック。俺の生ケツをゴツイ掌《てのひら》でそれぞれに包みながら、裕美はそこでまた俺の唇を塞《ふさ》いでくる。そして、次に唇が解放された時、俺はいつも寝ているべッドの上で裕美の重みを受けとめていた。

ベッドの上で、俺達は何度もHなキスを交わす。そのたびに俺の心拍数は上がって、本格的な行為《コト》になる前にどーにかなっちゃいそ。

俺の太股を撫でていた裕美の手がその動きに託《かこつ》けてスカートを上へと押し上げ、キスだけで反応しだしてた俺のラインを布の上から確かめるように撫でてくる。

「あ…っ」

自分で触るのとは全然違う、遠慮《えんりょ》したようなソフトタッチに逆にゾクンときて、そこで俺はハッと気がついた。

俺って馬鹿だ。女装したって、こーゆうことすんのは中身なんだから、持ち物は変えられないじゃん。

「裕美…ィ」

熱くなってる身体を持て余しながら、情けない声で呼んだ俺に、裕美は宥《なだ》めるような微笑を浮かべた。

「ユキ、胸も……いいか?」

「え？　あ、う…うん」

思わず頷《うなず》くと、裕美が俺のキャミソールをそっとたくし上げる。ブラなんてつけてなかった俺の胸が、裕美の視線に晒される。

女と違って膨《ふく》らみのない貧相な胸。それにまた情けない気持ちになるより早く、裕美は、

「なんでそんな表情《かお》してるんだ？　ユキはルックスには自信があると思ってた」

と言いながら、俺の乳首にくちづけて、そのまま唇に挟《はさ》んで舌と歯で刺激しだした。

「ひゃっ!?」

嘘だろ、こんなとこで感じるなんて……。

乳首を裕美の口で愛撫《あいぶ》されてるってだけでも慌《あわ》てるのには充分なのに、自分の感覚に驚いたタイミングを狙《ねら》い澄《す》ましたように、俺の胸元から裕美のくぐもった声が響く。

「……おまえ、綺麗《きれい》なだけじゃなく、可愛《かわい》かったんだな」

そんな……こっちはそれどころじゃないって！

「ひ…裕美！　ちょっ…ちょっと待……裕美っ!!」

パニックしだした俺を押さえ込みながら、裕美は着ていたシャツを器用に脱ぐ。スポーツマンらしい引き締まった身体に視覚の性感帯まで刺激されて、俺はもうパニックを上回る大パニック。

セ…セ…セックスって、こんなにこんなものだったのかよ!?　俺、単純に考えすぎてた？

ど…どうしよう？　どうしようもないんだけど、どうしたらいいんだよ⁉

キャミソールをたくし上げて晒された素肌《すはだ》に、直接触れてくる素肌の感触は筋肉の感触。寒いぐらいの部屋なのに、いつのまにかかいていた汗が俺達の身体の間で混ざり合うのもなんかエロティックで、気持ち悪いどころか変に興奮してきたりするから、俺は派手に戸惑っちまう。

「マジ、ちょっと待てってって……んっ」

抗議の声を上げる俺の唇を唇で塞いだ裕美は、愛撫を中断するどころか下着の中に手を潜《もぐ》り込《こ》ませてきて、完全にそうなっちゃってるものへと直接触れてきた。

「んっ！　んんっ‼」

裕美の掌に、俺のアレが握《にぎ》られてる。裕美の深爪《ふかづめ》気味の指先が、俺の先端をクリクリと刺激する。腰が抜けそう…ってより、鼻血噴きそう。だって、こんなの……裕美にこんなことしてもらってるなんて……。

セックスって行為は、知識としてなら当然知っていた。けど、知識と実感がなんだか噛み合わない。肉体的にも精神的にも、自分のことなのに自分がついていかない。訳がわからなくなって、それなのに、興奮と同じぐらいの恥ずかしさが込み上げる。快感なのか羞恥《しゅうち》なのかわからない波に揉《も》みくちゃにされて、訳がわからなくなってる筈《はず》なのに唐突に思う。

——ああ、俺ってばこんなに裕美が好きなんだ。

ようやく抵抗をやめた俺の唇から、裕美も静かに唇を離す。

「濡《ぬ》れてる」

「……え……？」

「――嬉しい」

最初、何を言われてるのか理解できなくて、理解した瞬間、ボッと音を立てるように顔面が火照《ほて》った。

ふ…普通、濡れてるってより立ってるって言わないか？　そりゃ、裕美の指先の感触で、液が滲《にじ》んできてたのはわかるけど……っと、あ、そっか。俺ってば女になるって言って、コレ、始めたんだっけ。女なら濡れるが正解だ。けど、自分の反応をそんなふうに言われると、憤死《ふんし》しないのが不思議なぐらいだよ。

下着を邪魔そうにしながら俺の零《こぼ》した液を指先で掬《すく》い上《あ》げるようにして取った裕美は、尚《なお》も下着の中で手をゴソゴソさせて俺の後ろの……あ…あの部分に塗《ぬ》り付《つ》けだす。

男同士の場合そこを使うしかないんだけど。だから、風呂でも殊更丁寧《ことさらていねい》に洗っちゃったりしたんだけど。でも、そんな、マッサージされるみたくして、中にまで指入れられて解《ほぐ》すようにされると……。

まともに裕美の顔が見ていられなくなって、俺は真っ赤に染まった顔を背けた。それが、裕美の中で何かの合図になったらしい。

「えっ？」

それまでとは打って変わった乱暴な手つきで下着を剝《は》ぎ取《と》られた俺は、ギョッとして背けたばかりの顔を裕美に向け直す。刹那《せつな》、裕美がジーンズのファスナーを下ろす生々しい音とその一言。

「――ごめん」

えっ？　ごめんって、何が？　その疑問を尋《たず》ねようにも、次の瞬間、剝《む》き出《だ》しになった俺の下半身は抱《かか》え上《あ》げるように大きく広げられて――…。

その有《あ》られの無さに感じた目眩《めまい》も、一気に吹っ飛んだ。

「ヒッ!?」

いきなり突き立てられ、俺は息を詰まらせて全身を硬直《こうちょく》させた。あまりの痛みに、それまでの興奮は跡形もなく消え去り、目の前が真っ赤に染まる。

「い…嫌、裕美！　痛…っ!!」

俺は裕美の身体を両手で押し返そうとしたけれど、裕美の挿入《そうにゅう》を阻《はば》むことはできなかった。

「あ…ぐっ！　痛……痛い！　やめ……やめて、裕美っ!!」

「ユキ、ユ…キ……」

「さ…裂ける！　壊れ…ちまう!!　動くな、裕美！　動か…ないでっ!!」

音にして訴《うった》えるだけで精一杯で、俺は頭を打ち振ることもできない。押し返す為に摑《つか》んだ裕美の両肩にも爪を立てるだけだ。

裕美は何も答えない。ただ我武者羅《がむしゃら》に腰を動かす。ビッ…っと音が聞こえたような気がして、その途端に嗅覚《きゅうかく》を刺した血の匂《にお》い。

「嫌だ、裕美！　やめ…て!!」

そこからくる過ぎた痛みに、頭までガンガンと痛み出す。

――死んじまう。

唯一《ゆいいつ》頭に浮かんだそれも、瞬《また》く間に木《こ》っ端微塵《ぱみじん》。あとは止《と》め処《ど》なく溢《あふ》れる涙だけが残った。

「ヒッ……ぐっ……あ…ああ…っ!!」

快感をまったく含《ふく》まない俺の声に、それでも裕美の動きは止まらなかった。裕美は容赦《ようしゃ》なく俺を突き上げ、俺の中で放つ。その時には、真っ赤だった俺の視界は真っ黒に塗り替えられていた。


「思ったより出血量は少なかったし、そこまでひどくは切れてないから病院へ行く必要まではないと思うんだが、このシーツはもう使えないな。あと、由樹が着てた服。あれって迪瑠ちゃんのだろ？　洗濯機で回しちゃって平気な服か？　まさかクリーニングに出す訳にもいかないし……」

俺の身体を綺麗に拭《ふ》いて、傷ついたあそこには薬まで塗って、パジャマ代わりのTシャツとジョギパンに着替えさせてくれた裕美は、シーツとキャミソールとスカートを一纏《ひとまと》めにしながら鹿爪《しかつめ》らしく言った。まぁ、そーゆうもっともらしい態度取るしかないんだろうけどね。

病院行かなきゃいけないほど切れて出血してたとしても、俺にそんな勇気ないぞ。けど、すっごい切れたような気がして、すっごい出血したみたく血の匂いがしたんだけど……それだけ俺の感覚が鋭敏になってたってことなのかな？

問題は迪瑠の服、か。結局、最後まで脱がなかった迪瑠の服は、俺達二人が吐《は》き出《だ》したモノでベトベトのガビガビ。こんなの母さんに洗濯してもらう訳にいかないし、俺が後で洗濯機回してもいいんだけど、裕美が言うように洗濯機で洗っても平気な服か？　特にスカート。デザインだけで選んじゃって、そこまで考えてなかったもんなぁ。

裕美が整えてくれた下ろし立ての気持ちいいシーツの感触に包まれながら、俺はベッドの横に立っている裕美をわざと仏頂面《ぶっちょうづら》で睨《にら》み上《あ》げる。

「後でダメになったシーツと一緒にゴミ出ししておくよ」

「……ああ」

俺の視線は感じてるだろうに、裕美は気まずそうにして俺に視線を返さない。それに俺は追い討ちをかけるように呟《つぶや》いた。

「未熟者」

あ、これは追い討ちをかけるどころか容赦なさすぎ？　でも、マジに死ぬほど痛かったんだぞ。あんなとこ使われたってのは一番恥ずかしいことの筈なのに、ほとんど恥ずかしがれなかったぐらい痛かったんだからな。

セックスってさ、身体が気持ち良くなるものって固定観念あるじゃん。そんでもって、終わった後の気だるい心地好さの中での、ラブラブなピロートークへの憧《あこが》れとかさ。そんなの台無しって感じだもんな、まともに寝返りも打てない今の状況としては。そんだけ痛い思いさせられたんだから、これぐらいの意地悪は許されると思う訳よ。……とか言いつつ、これは意地悪ってより照れ隠しなんだけどね。

そりゃ、死ぬほど痛かったんだけどさ。でもさ。俺のあんなとこに裕美のあそこが入って、そんでもって俺達一つになったりしちゃったんだぜ？　それってやっぱり恋する身としては一種の感動でさ。とは言っても、恋してても洒落んなんないぐらい痛くて泣きじゃくっちゃった俺としては、このジレンマにこーゆう態度しか取りようがないんだよ。

それなのに、裕美ってばわかってない。

「まったくだな。我ながら自己嫌悪の海で溺死《できし》しそうだ」

そりゃ、傷口に塩塗り込んだのは俺だけど、そんな神妙な顔で殊勝《しゅしょう》に言われると、妙な罪《ざい》悪感《あくかん》が湧《わ》いちまうじゃん。裕美にとっては抵抗感アリアリな行為だったろうに、最後まで必死に頑張《がんば》った直後にトドメ刺されてちゃなぁ。

それでも裕美はようやく俺に視線を返すと、申し訳なさそうに俺の顔を覗き込んで、躊躇《ちゅうちょ》した仕草で俺の額に手を伸ばした。

「微熱、ある。しんどい思いさせたな。……ごめん」

「そんなに心配しなくても平気だよ。それに、謝罪は一回もらえば充分だって」

「え？」

「さっき……その……前以《もっ》て謝ってもらっちゃったからさ」

それに、俺、後悔なんてしてない。裕美がどんなつもりだったとしても、俺としちゃ好きな人とそうなれたってのは嬉しいことだし幸せなことなんだから。

ロストバージンしたての俺は、なんとなく甘えたくなって、さり気無く裕美にキスをねだろうとした…んだけど……。

「あ…ああ、そうだな。そういう意味もあったな、うん」

ん？　なんだ、その取ってつけたような言い方は？　それより、『そういう意味も、あったな』って？　俺には『も』じゃない方の意味のが思いつかないぞ。

「裕美？」

名前で問い掛けた俺の額から、裕美がパッと手を離す。その瞬間の裕美の『しまった』という表情を俺はどう解釈《かいしゃく》すりゃいいんだ？

「あの……」

「しばらく会えない。ほら、俺、明日から合宿だし」

なんだよ、いきなり。そんなの言われなくたって知ってるって。んでもって、終業式が終わったらすぐに全国高校野球選手権大会の予選が始まるってんだろ？　なんなんだ、今更……。

「じゃ、また」

「えっ？　おい、裕美っ⁉」

俺がベッドの中から手を伸ばすより早く、裕美は踵《きびす》を返すと、そのまま部屋を出て行ってしまった。

ちょっと待てよ！　って、もう遅い。引き止める間もなかった裕美は、……帰っちまったのか？　え…ええーっ⁉

俺、唖然茫然《ぼうぜん》。あいつ、何しに来たんだよ？　そりゃHしにきたんだろうけど、本当にHしかしてないじゃん。俺達、初めてしたんだぜ？　それでこの素《そ》っ気無《けな》さって何？　こんなの、セックスが慢性化してるカップルのパターンにしたって最低じゃん。やることやったらそれでバイバイなんてさ。どーして初体験からそーゆうパターンになるんだよ？

つまり、やっぱりダメだったってこと？　俺達一つになったのに……。俺の中に入ってきた裕美はあんなに熱かったのに……。それでも男の俺じゃダメだったってことなのかよ？

裕美の後を追い掛けようにも、足腰が立たない。頭からスゥッと血が引いていく。裕美に取られた態度で次々に悪い考えが頭の中でグルグルしだした俺には、体調のせいで貧血を起こしたのか、精神的なショックで血の気が引いたのかの区別もつかなかった。

行為翌日の昨日は、丸一日あそこだけじゃなくて身体中がギシギシ軋《きし》みまくったぐらいのダメージだったから、試験休みに入ってくれててラッキー。でも、肉体《からだ》より精神《こころ》のダメージのが大きかった俺としちゃ、裕美《ひろみ》に会えない時期をラッキーと思っていいのかどうかわからない。

俺は燃えるゴミの収集日に、まだ痛む身体《からだ》を庇《かば》いながらシーツと迪瑠《みちる》の服を一纏《ひとまと》めにしてしっかりカムフラージュもした可燃ゴミ袋を収集所に出しに行った。抜きすぎた眉《まゆ》を描き足す気力もなけりゃ、いくら家のすぐ傍《そば》とはいえ外に出るってのにパジャマ代わりのTシャツとハーフパンツから着替える気力もなかった俺は、もうヨレヨレのボロボロ。

これって有価物《ふるぎ》として出さなきゃいけないのかな？　まぁ、シーツは衣類じゃないんだからいいよな？　こ…こんな、親に洗濯させることも憚《はばか》られる物を、有価物としてなんて出せねーって。

「ふぅっ」

積まれたゴミ袋の山を前にして、俺は溜息《ためいき》。だって、裕美の態度を引《ひ》き摺《ず》らずにはいられない。

なんであんなふうに帰ったんだ？　裕美は俺と一線を越えたことに後悔しかできなくて、だから、あんな逃げるような帰り方したってことか？　どう考えたって、それっきゃないよな？

『あ…ああ、そうだな。そういう意味もあったな、うん』

つまりあの台詞《セリフ》の『も』以外の意味って、『やっぱ俺、男同士はダメだ、ごめん』ってこと？　あの強引でいきなしな挿入《そうにゅう》は、あそこまでやっちゃってたら中断する訳《わけ》にもいかなくて、だったらさっさと終わらせちまおうってこと……だったってか？

そう考えれば辻褄《つじつま》が合う。それでも、そんなふうに思いたくない。他の可能性が考えつかなくて、第一それは最初からわかってたことで、でも……。

あ、ヤバ、涙出そう。ただでさえ今日のスタイルはダメダメなのに、ゴミの山見詰めながら涙ぐんでる男のビジュアルなんていただけたもんじゃない。俺はもう一度溜息をついてから、家に戻った。

玄関を入ると、昨日イタリアから帰ってきた迪瑠のでっかい声。

「お母さん、あたしのコムサのキャミソールとソニア・リキエルのスカート知らない？」

「お母さんが知る訳ないでしょ。ちゃんと探したの？」

「探しても見つからないから聞いてんじゃない。もぉいいわよ」

ゲッ！　あれってコムサとソニア・リキエルだったんかよ⁉　洗濯方法どころかタグも確かめなかったかんな。

「おっかしーなぁ」

旅行疲れを残した顔でダイニングから出てきた迪瑠と廊下《ろうか》で鉢合《はちあ》わせした俺は、つい顔が引《ひ》き攣《つ》っちまう。そんな俺に、迪瑠は眉をピクンと反応させた。

「まさか、あんた……」

「え？　な…何？」

「……な訳ないか。いくらなんでもねぇ」

迪瑠の部屋から勝手に高周波脱毛器は持ち出すし、アイブローペンシルも勝手に使うし、カルバン・クラインのｃＫｏｎｅ《オードトワレ》なんかは迪瑠よか俺のが使ってるぐらいだし……と前科が有り余ってても、いくらなんでもって思うよなぁ。ははは……。

「あっ、そーいえば！　旅行に行ってた間に、どーしてあたしの洗顔フォームが切れてんのよ⁉」

は…ははは……。

笑って誤魔化しながら迪瑠の横を擦《す》り抜《ぬ》けようとしたら、ガッと手首を摑《つか》まれた。

「こら、ユキ！」

あ、今は『ユキ』って呼ばれただけで、胸の中がモヤモヤしてくる。

Ｈの最中、裕美も俺を『ユキ』って呼んだ。呼び続けた。裕美が俺を『ユキちゃん』って呼ばなくなって何年も経《た》つのに、呼び慣れてる筈《はず》の『由樹《よしき》』とは一度も呼び間違えなかった。

そりゃ、女の恰好をして行為《コト》に及《およ》んだのは俺だよ。女になるって言ったのも俺だ。でも、俺が男であることは変えようがなくて、それでも……それでも……。

裕美は『ユキ』って呼び方に固執《こしつ》することで俺を女なんだって自己暗示かけなきゃやってられなかったんだ。そうまでして錯覚《さっかく》したかったんだ。

——俺が俺だってだけじゃ、ダメ、だったんだ。

「……どうしたの？」

「え？」

「あんたが何も言い返してこないなんて。それより、なんて表情《かお》してんのよ」

「なんて表情って、何が？」

「やだ、自覚ない訳？　今日はやけに身嗜《みだしな》みに無頓《むとんちゃく》着だと思ったら、体調が悪いの？　夏バテにはまだ早いわよね？」

迪瑠は俺の手首から手を外すと、熱を計るように額に手を伸ばしてきた。その仕草が部屋を出て行く直前の裕美の仕草とオーバーラップしたから、俺はさり気無く迪瑠の手をかわして階段に向かった。

「んー……夏バテじゃないなら梅雨バテかなあ？　ちょっと体調良くないんだ」

「平気なの？　お医者さんには……」

「そこまでじゃないから、部屋で寝てりゃ治る。迪瑠こそいきなし俺の心配なんかすんなよ。

姉貴ができたみたいで照れるじゃん」

「元からあたしはあんたのお姉様なのよ」

反論だけはしてきたけど、迪瑠の声は穏やかだった。超高価な洗顔フォーム様を使い切られたってのにヒステリックな響きを消した声は俺の科《とが》なんて忘れたように、俺の背中に向かって、

「じゃ、夕飯の時刻になったら起こしてあげるから」

なんて迪瑠とは思えない優しい言葉を掛けてきたりするから、俺は振り返りもせずに階段を上りながら手をひらひらと振った。

迪瑠が優しい姉貴になっちゃうぐらいの表情を見せちまったのかと思うと、なんとなく振り返るのが嫌だった。でも、それがどんな表情だったのかは俺にはわからないし、わかりたくない。

意外と俺の取り越し苦労かもしれない。裕美にはっきり聞いてみちゃえば、案外なんでもないことなのかもしれない。でも、あいつは今野球部の合宿中で、それを聞く機会がない。まぁ、合宿ったたって学校使ってやってるだけなんだから、練習見に行くふりで訪ねて行きゃ、ちょっとぐらいは個人的に話す時間も作れるんだろうけど。

でも、そんなふうに考えた直後に思っちまうんだよな。もしそれが俺の取り越し苦労じゃなかったらどうしよう……って……。

あれからまだ二日しか経ってないのに、随分《ずいぶん》と裕美に会ってない気がする。裕美に会いたい。

会って、何も気にする必要はなかったんだと安心したい。その反面――…。

俺は裕美に会うのが恐かった。


試験はなんとかなったみたいで、試験休み中に担任からの呼び出しはなかった。ここで呼び出し食らってれば、学校に行かなきゃいけなくなったことに託《かこつ》けて、グラウンドにも顔を出せたのかもしれないけど、結局あの後、俺は一度も裕美と会わなかった。

そうして迎えた終業式。久しぶりに会う裕美。野球部の合宿はまだ終わってないんだけど、終業式は自宅から登校してるってことは、裕美の奴《やつ》、昨日は家に帰ってたんだ。だったら、会いにきてくれても良かったんじゃねぇ？　疲れててそれどころじゃなかったのかな？　でも……。

試験休み中に俺と裕美の間にあった行為《コト》どころか俺達の本当の関係も知らない沙貴子《さきこ》を真ん中に挟《はさ》んで学校へ向かいながら、俺は裕美にまともな言葉を一言も掛けられずにいた。まぁ、沙貴子が一緒にいるからこそ、一番聞きたいことなんて聞けっこないんだけどさ。

試験休み中に梅雨《つゆ》も明けて、今朝《けさ》はピーカン。なのに、俺の気分はジメジメのジトジト。ああ、なんか気詰まり。裕美も同じ感じだし、さっきから全然俺のこと見ないし……ってのはは俺の被害妄想《もうそう》かなぁ？　沙貴子は何も感じてないみたいだし。

「それにしても合宿だなんて監督の意気込みが見えるわよね。我校《うち》の野球部が地区大会に備えて合宿したなんて話、今まで聞いたことがないもの」

はぁっ。なんだかなぁ。

「合宿っていっても、学校に泊まり込んでるだけじゃないか」

「だから、合宿でしょ？　この後は地区大会が終わるまで家に帰れないなんて大変ね」

「地区大会が終わってなくても、試合に負けた段階で合宿も終わりだよ」

嬉《うれ》しい筈の夏休みが、ちっとも楽しみじゃない。クラスは違うけど学校さえあれば毎朝こうして裕美と会えるのに、夏休みになったらどーしよ？

「こらこら、野球部の要《かなめ》たるヒロちゃんがそんなこと言っててどうすんのよ？『合宿が終わっても、すぐに全国大会だ』ぐらい言えないかなぁ。あ、全国大会となったら、その前にも合宿だっけ？」

「甲子園《こうしえん》への道はそんなに甘いもんじゃないって何度も言ってるだろ？　大体、大会に出てくる学校で今まで合宿もなかった方が珍しい。学業よりもとにかく野球ってとこだってあるんだからな」

「春には行ったくせに」

「春と夏じゃ違う」

デートすりゃいいだけの話なんだけどさ。デートとまではいかなくても、家が隣なんだから何気なく会いに行きゃいいだけの話なんだけどさ。野球の方が一段落つかなきゃ、それもできないじゃん。あ、だからって別にさっさと負けてほしいなんて思っちゃいないけど。

「もぉ、ヒロちゃんたら、張り合いないなぁ」

「俺は事実を言ってるだけだぞ？」

「はいはい。それで、今夜は何を食べたいの？」

「俺個人に聞くなよ」

「まだヒロちゃんにはリクエスト聞いたことなかったからね。全員のリクエストに合わせるなんて無理だし、レパートリーの都合もあるし」

なんでこんなことになっちゃったんだ？　俺達、初Hしたばっかで、本当だったらラブラブ全開でこそいい筈なのに……。あ、いや、俺が勝手に頭を悩ませてるだけで、具体的には何がどうなったって訳じゃないんだけど。

こんなで夏休みになったら、俺達どうなっちまうんだ？

「俺は好き嫌いないから」

「本当に張り合いがないったら」

——ん？　俺、考えごとに忙しくて会話に参加してなかったけど、今のやり取りって……？

「何、それ？」

「ああ、今あたし、友達と一緒に野球部の臨時マネージャーやってるのよ。ほら、女手ないと大変でしょ？　毎食コンビニ弁当や店屋物って訳にいかないから、毎日家庭科実習室で大奮闘《だいふんとう》よ」

「なんだよ、それ⁉」

そんなの、俺、聞いてない！

「あたしたち臨時マネージャーは泊まりじゃなく通いだけど、いっそ合宿に参加させてくれた方が楽よ。だって、朝ごはんの支度《したく》にあわせて毎朝家出るのよ？　もぉ、今日の終業式が終わったら監督に提案してみようかな？」

何、それ？　つまり、俺が裕美に会っていなかった間、沙貴子は会ってたってこと？　それも毎日？　そんでもって、三食三食裕美に手料理食わせてたって？

臨時とはいえマネージャーなんだから、裕美の為《ため》だけに用意してた食事じゃないのは当然だ。でも、だけどさ。

咄嗟《とっさ》に裕美を見た俺から、裕美が視線を逸《そ》らす。その反応で、俺のハートにまたおニューの傷がつく。

なんで？　なんでそーゆう反応になんだよ？　だって、裕美が目を逸らすことじゃないじゃん。

目を逸らしたってことは、裕美が沙貴子に臨時マネージャーやってくれって頼んだのかな？

沙貴子は男子に人気あるみたいだし、野球部の中にもトトカルチョで裕美と沙貴子の組み合わせに賭《か》けてる奴はいるだろうから、部全体で沙貴子に頼みたいってことになったのかもしれない。だって、裕美だけで決められることじゃないと思うし。

『この合宿の間だけのことだし、集まるかどうかわからない有志をわざわざつのるよりやってくれそうな女子にこっちから頼もうってことになったんだ。野球の練習の為に合宿してるのに、部員が当番制で食事の支度に時間割《さ》いててもしょうがないだろ？　そうなると俺が頼めるような女子は沙貴子ぐらいしか思いつかなかったんだが、これが通っちまってな』

例えば、それで言い訳には充分じゃん。それが言い訳でもなんでもない正真正銘《しょうしんしょうめい》の事実だったとしたって、俺には愉快《ゆかい》なことじゃないけどさ。

『仕事内容的に、男子に頼むより女子だしな。例えばおまえに頼んだところで料理なんてできないだろ？』

そこまで言ったらモロ言い訳っぽくなって沙貴子が訝《いぶか》しむかもしれないし、そこまで言われたって俺は不機嫌になっただろうけど。

裕美は逸らした視線を、俺に向け直そうとはしなかった。だから、俺も口を噤《つぐ》むしかない。

「何？　二人とも、どうかしたの？」

怪訝そうな沙貴子に、裕美は一言、

「別に」

と呟《つぶや》き、俺は沙貴子ごと裕美から顔を逸らせた。

沙貴子の前で核心に触れるような言動は取れない。でも、沙貴子の前じゃなくても、俺は何も言えなかったかもしれない。

だって、今の態度。これって、明らかじゃねぇ？

俺、裕美にすごく会いたかったけど、裕美に会うのが恐かった。恐かったってのは、つまり……。

結局は確信してたってことなんだよな。


梅雨が明けた途端に猛暑《もうしょ》到来って感じなのに、この陽射しの下で終業式なんて勘弁してほしい。終業式でのお説教は夏休みに入るにあたってのお約束なんだろうけど、だったらせめて体育館でやるとかさ。こっちはただでさえ精神的に打ちのめされてんだから、熱射病になったらどうしてくれるんだよ？　でも、いっそ熱射病で倒れでもした方がナルシシズム的悲壮感にも浸《ひた》れて良かったかも……。

しかしながら、熱射病で倒れることのなかった俺は、終業式が終わると妙な落胆《らくたん》を感じながら校舎へ向かう。

教室へと向かう廊下、そこでいきなり悪友の一人である岸本《きしもと》が俺の首に腕を回してきた。

「この暑いのに、ひっつくなよ」

汗だくになってる身体は自分でさえも気持ち悪いのに、野郎の腕がペタリと首筋にくっつく感触《かんしょく》には不愉快さが隠せない。そんでも、通常モードだったらここまで露骨《ろこつ》な態度は取らなかったかもしれない。

八つ当たりを兼ねた過剰《かじょう》な不機嫌さで睨《にら》みつけた俺に、だけど、岸本はまったく動じやしない。それどころか、首に絡《から》めた腕で俺を引き寄せると、唐突にとんでもないことを言い出した。

「おまえさ、灘元《なだもと》の幼馴染みで仲良いじゃん。だったら、灘元の本命って聞いてる？」

「えっ？」

裕美の本命って、沙貴子が野球部の臨時マネージャーやってることとは関係ないよな？　相手が沙貴子だったら、今更《いまさら》『本命』なんて単語は出ないだろうし。ってことは、まさか、俺達の関係に気づいて、カマ、かけてきてる？

刹那《せつな》に俺はそれまでの暑さを忘れた。一瞬にして汗が引き、それどころか背筋が寒くなる。でも、岸本の台詞《セリフ》がとんでもなかったのは、この後こそだった。

「おまえにしろ灘元にしろ、くっつくんだったら沙貴子ちゃんっきゃいねぇって思ってたんだけどな。おまけに沙貴子ちゃんは今、野球部のマネージャーやってるってーし。なのに灘元の奴、合宿参加を一日ずらして、デートしてたっちゅーし」

「え？」

「小出《こいで》がデート現場を見かけたってんだよ。あの灘元が、女と腕組んで仲良さそうに歩いてたってんだぜ？　その上、相手の名前を呼び捨てにしてたってんだからな。おまえ、あいつが沙貴子ちゃん以外の女を苗字《みょうじ》じゃなく名前で呼び捨てにしてるの見たことあるか？　そりゃ、人違いだと思うだろ？　けど、今、野球部の奴に聞いたら、灘元が合宿参加を一日遅らせたって裏が取れちまったしさ」

試験休み中、俺は裕美と一回しか会えなかったのに、沙貴子とは毎日会ってたってだけじゃなく、女とデート？　俺だってここしばらくはデートなんてしてないのに？　そうじゃない。問題はそーゆうことじゃなくて……。

あの裕美が女と腕組んでた？　しかも、女の名前を呼び捨て？　他の野郎ならまだしも、裕美はめちゃくちゃ特別な女じゃなきゃそんなのやりっこないじゃん！

「なんか、フリルまでついた白いワンピースが超お似合いのナチュラル清純派で、灘元なんかに抱き締められたら折れちゃいそうな娘だったらしいぞ。すごく絵にはなってたらしいけどな」

今日は厄日《やくび》か？　なんて、そんな茶化すようなことも考えられない。

だって、それが本当なら……合宿参加を一日ずらしてデートしてたってんなら、そのデート、俺とHした翌日ってことだろ？

「実際、そっちが灘元の本命だってんなら、写真部、どうすんだろ？　ほら、例のトトカルチョ。俺はおまえと沙貴子ちゃんの組み合わせに賭けてるからさ。いっそ消去法でおまえと沙貴子ちゃんの組み合わせを当たりってことにゃしてくんねぇかな、やっぱ」

喋《しゃべ》り続《つづ》ける岸本の声は聞こえてるんだけど、もうその意味が頭に入ってこない。

朝の裕美の態度だけで充分決定打だと思った。それなのに、俺はまた新しいショックを受けてたりする。多分、俺は裕美のことなら無制限に傷つくことができるんだろう。それぐらい裕美を好きな俺の気持ちは、こんな事態になってどこに持っていけばいいんだ？

明日から夏休み。夏休み…なのに——…。


梅雨《つゆ》は明けたってのに、俺の心は土砂降《どしゃぶ》りの雨。あ、そんなに勢いのあるもんじゃねーか。実際の梅雨以上にジメジメのジトジトでカビでも生えてきそうだもん。

自室で宿題に勤《いそ》しんでた俺は、勉強机から顔を上げると、軽く伸びをした。この俺が夏休みに入った途端に自力で宿題に手をつけてるなんて画期的だ。中学時代から、夏休みが終わるギリギリになって友達を拝み倒して借りたノートを半泣きになりながら徹夜《てつや》して写すのが俺のパターンだったんだけどな。

昔取った杵柄《きねづか》ってほど昔じゃないけど、以前の行いが物を言ってデートの誘いがTELで入ってきたりはする。でも、それをOKする気にはなれなかった。

世間にはタラシと言われても、俺が女とデートしまくってたのって裕美《ひろみ》以外の本命を見つける為《ため》だったんだぜ？　それなのに、裕美とどうこうなったからって今度は現実逃避で女とデートなんてしたら、そこで使う気力と罪悪感《ざいあくかん》の分だけ一層落ち込みそう。まぁ、デートに誘ってくる女にとって俺はあくまでタラシだから、向こうもマジじゃないんだって今ならわかってるし、だったら罪悪感なんて持つ必要はないんだけどね。

――それでも今の俺には裕美だけがいい。今の俺には裕美しか見えない。

俺は広げていたノートに突っ伏した。

裕美に片想いしてた頃は、泥沼《どろぬま》だと思いながらも裕美と個人的に会える雨の日が嬉《うれ》しかった。両想いになって、雨の日も晴れの日も関係なしに毎日がハッピーになって、だから雨が……心の中で降る雨がこんなに鬱陶《うっとう》しくて憂鬱《ゆううつ》なものだなんて経験するまで知らなかった。

なんでこんなことになったんだろう？　俺達、両想いになって、Hしただけじゃん。それのどこが恋愛のマイナス要素だったたってんだよ？

片想いだった頃は、両想いになれるってだけで幸せだと思ってた。それなのに、今抱《かか》え込《こ》んでるのは片想いの頃にはなかった不安だ。

Hっていうのは、好きな人のモノになって、好きな人を自分のモノにできる幸せな行為だと思ってた。だから、性欲とか興味とかだけじゃなく、俺は憧《あこが》れまで持っていた。

それなのに、現実はどうだよ？

人間は十人十色。組み合わせが違えば、セオリーとは違うカップルがいたって当然だと思う。ましてや俺達は、カップルとしての性別自体がセオリーから外れてんだから……。

結果は出てみなきゃわからない。明日のことは明日になってみなきゃわからない。だけど、こんなのはあんまりだ。

俺は裕美が好きだから抱かれただけだ。それだけなのに……。

男同士だってことは、Hする前からわかってたことじゃないか。男同士でありながらそれを実行に移したのは裕美じゃないか。そりゃ、やっちゃったからこそそれまで以上に自覚する違和感とか、不自然さとか、……嫌悪感…とかってのもあったんだろうけど……。

あんだけの態度を見せられたんだから、いい加減に納得するべきだ。納得するしかないんだから。

……だけど……。

腹の底から吐《は》き出《だ》した溜息《ためいき》が震える。突っ伏しているノートにジワリと生温かいシミが広がった。

夏休みに入って二日目は我校野球部の初戦。忍耐力がないってゆーか、自分でも何をどうしたいんだか……。

（代表校は七月末までに決まってりゃいいもんだっつっても、六月から地区大会やってるところもあるのに、うちの県はのんびりしてるよなあ）

光沢《こうたく》プリントのTシャツにスケーターパンツというストリートスタイルで決めた俺は、それに合わせたキャップを被ると、我校の試合開始時刻に合わせて家を出た。沙貴子《さきこ》はベンチに入れてもらったのか、一緒に臨時マネージャーやってる娘達と応援に行ったのか、俺には声をかけてこなかったから、今回は『沙貴子に誘われて仕方なく』って言《い》い訳《わけ》はきかないのに……って、誰に言い訳する必要もないんだけどさ。

俺、野球に興味なんてないし、愛校心だって希薄だし、それでも幼馴染みの応援ってのは炎天下で観戦する理由にはなるよな？　なると思いたい。

俺は別に幼馴染みの応援がしたい訳じゃない。それどころか、好きな人の応援をしたい訳でもない。ただ……裕美の姿を見たいだけなんだ。

会いたくて会いたくて、今が会える状況であっても会う勇気なんてなくて、それでも裕美の姿が見たい。この次に二人きりで会った時には、多分、俺は振られるんだろうから会いたくない。だから、俺を振るだろう裕美の姿は好きだからこそ見るだけでも辛《つら》いのに、それでも見ずにはいられない。

会いたくない。見たくない。それなのに、会いたくて会いたくて、その姿を見詰めていたくて――…。

究極のマゾだね、これは。あまり浸《ひた》るとまた泣きたくなるから、もぉ我ながら呆《あき》れちまうしかないって感じ。

試合のある市営野球場についた俺は、観客席をうろうろしながら見やすい場所を探し始めた。裕美の守備は投手《ピッチャー》。強打者《スラッガー》という評価こそが高い裕美のプレイの見応えを言うなら守りより攻めの時なんだろうけど、どっちにしたって裕美だけを観賞するなら観戦席は自《おの》ずと決まってくる。

我校の吹奏楽部《すいそうがくぶ》はまだ駆り出されてないし、観客席も対戦校側とはえらい差がある。それでも、それなりの人数はいるな。

初戦からこの暑い中を愛校心で観戦に来てる奴はほとんどいないだろうから、野球好きが三割、友達の応援が三割、彼氏か好きな奴の応援が三割、それ以外が残り一割ってとこかな?

うっかりすると気分がブルーモードに入りそうな俺は、そんなどうでもいいことを考えて気を紛《まぎ》らわせる。そこで偶々《たまたま》目の合った女の子にペコリと頭を下げられて、俺は反射的に会釈《えしゃく》を返した。

彼女は観戦席の長椅子につこうとはせず、試合を観戦するには後ろ過ぎる場所にひっそりと佇《たたず》んでいた。

うちの学校の娘かな？　でも、記憶にない顔だ。綺麗《きれい》な娘だけど、地味だから記憶に残ってないのかな？　それに、女ってのは制服を脱《ぬ》いだだけで印象が変わるからなぁ。

涼しげなノースリーブのワンピースは、でも、なんだかこの場にそぐわない。いや、服装よりも彼女の雰囲気《ふんいき》自体が野球観戦にそぐわないんだ。

これこそまさに、『好きな人《うち》の応援』の典型。ここが何席っていうのかは知らないけど、こっち側にいるってことは我校の野球部の中に片想いの相手か彼氏がいるってことだよな？　でも、どうして俺に挨拶《あいさつ》なんてしてきたんだ？　友達の友達？　でも、覚えのない顔なんだよなあ。第一、俺、野球部に友達なんて裕美ぐらいしか……。

『なんか、フリルまでついた白いワンピースが超お似合いのナチュラル清純派で、灘元《なだもと》なんかに抱き締められたら折れちゃいそうな娘だったらしいぞ。すごく絵にはなってたらしいけどな』

ふと岸本《きしもと》の台詞《セリフ》を思い出す。

「あ…っ」

適当な席につこうとしていた俺は、そこで無意識に声をあげて、彼女を振り返った。途端、バチッと視線が合う。

――俺を見てた？

涼しげなノースリーブのワンピースは、フリル付きの白。この場にそぐわないけど、華奢《きゃしゃ》な彼女にはすごくよく似合ってる。彼女だったら、裕美の隣に立てば絵になるだろう。

刹那《せつな》、俺の身体は頭で考える前に動いていた。俺は下ろしかけていた腰を上げると、彼女の元へと歩みを向ける。

「そんなところに立ちっぱなしでいたら疲れるだろ？　一人で来たんだったら一緒に見ない？　俺も一人なんだよね」

世間一般で言えば、これは立派なナンパ。そんでもって、大和撫子《やまとなでしこ》ってサウンドがピッタリとくる彼女はどうみたって安っぽいナンパに乗るようなタイプじゃない。それなのに、俺の誘いに驚いた表情をした彼女は、その後に困惑《こんわく》した表情をしながらも小さく頷《うなず》いたのだ。

同じ学校の娘なのか、違う学校の娘なのかは知らない。だって、俺は彼女を知らない。だけど、彼女は俺を知っている。

「何年？　俺は高二なんだけどさ」

「三年…です。高校三年」

ふ～ん、一学年《いっこ》上か。彼女の相手が裕美なんだったら、同じ学校なら当然、違う学校でも俺の顔を知る機会は充分あっただろう。だって、裕美が一度でもアルバムを見せりゃ、それで充分なんだから。

『小出《こいで》がデート現場を見かけたってんだよ。あの灘元が、女と腕組んで仲良さそうに歩いてたってんだぜ？』

それが彼女だって証拠《しょうこ》はない。服装なんてその時々によって変わるものだし。だけど、俺を知ってる俺の知らない女。そして、清楚《せいそ》な彼女は裕美の相手として違和感がなさすぎる。

それだけで、俺が彼女を裕美の相手だと疑うには充分だった。今の俺には、誰を疑うにも根《こん》拠《きょ》に理屈なんて必要なかった。

「あ、自己紹介が後になったけど、俺は沢辺由樹《さわべよしき》っての」

「綾乃《あやの》……藤川《ふじかわ》綾乃…です」

名前まで、堅物《かたぶつ》の裕美好みなんじゃないか？　裕美の女の好みなんて聞いたことないけどさ。

俺は胸中をモヤモヤな気持ちで一杯にしながら、殊更《ことさら》愛想良くにっこりと笑ってみせた。

一日空けて我校野球部の二戦目。昨日《きのう》一日間が空いたことで、俺も冷静になった……と自分では思っていた。

偶々俺の知らない女が俺のこと知ってて、ペコリと頭を下げる程度でも挨拶してきて、その後に俺を見てたからって、そこで彼女が裕美の相手だって思うのは短絡的過ぎだって。だって、そこまでの偶然って、できすぎじゃん。そういう結論が出てた筈《はず》なんだよ。それなのに、今回も裕美を一番見やすい場所で彼女を見かけたら、無視できなくなっちゃってさ。

こないだ俺から声かけたのに、今回無視ってのはないだろう？　お互いまた一人で来てるんだからさ。……って言ったところで、言い訳以外の何物でもないよなぁ。ああ、どーせ俺はやっぱり彼女のこと疑ってんだよ。気になるんだよ。悪いか!?

そんなもんで、またも何気なく彼女を誘って観戦席についた俺は、結局試合どころじゃなくなってしまう。

「へぇ、じゃあ同じ高校だったんだ。だったら、藤川先輩って呼ばなきゃだね」

「別に、そんなのは……沢辺くんの呼びやすいように呼んでくれれば……」

「う～ん、女の子は名前にチャン付けが一番呼びやすいっちゃ呼びやすいけど。でも、やっぱ、藤川先輩でいいや」

「……そう」

『綾乃ちゃん』じゃなく『藤川先輩』って呼ぶことにした俺に、彼女はなんだか残念そうな表情をする。そりゃ、彼氏の幼馴染みに他人行儀にされるより、懇意《こんい》になりたいってのが女心なんだろうけど、俺、裕美の新しい恋人を『綾乃ちゃん』なんて呼びたくない。あ、いや、まだ彼女が裕美の恋人だって決まった訳じゃないんだって。それどころか、こんな偶然で裕美の恋人と知り合うなんてありっこないって、昨日そう思ったばかりじゃん。

だけど……でも……ええい！　一人で空回《からまわ》りしてウジウジと思い悩んでるぐらいなら、ここは一発カマをかけてみっか。

「裕美とはどうやって知り合ったの？」

「え？」

「だって、学年違うしさ。クラブで知り合うってこともありえないし、あいつ役員とかもやってないし」

いくらなんでも、脈絡もなしに唐突過ぎる質問だったかな？　キョトンとしてる彼女は、この表情からすると『なんのこと？』って答えてくるのが自然だと思えた。『あたし、灘元くんとは知り合いじゃないわよ』って。

だけど、彼女はふわりと笑って言ったんだ。

「落とし物をね、わざわざ教室まで届けてくれたことがあったの。でも、知り合いというか……」

「知り合いというか？」

「う…ううん、なんでもない」

なんで慌《あわ》てて誤魔化《ごまか》すんだ？　それって知り合いじゃなくて恋人だって言いたかったたってこと？　そりゃ、裕美はまだちゃんと俺を切ってないんだから、彼女に俺との関係を隠しながらもしっかり口止めしてあるって可能性はあるんだろうけどさ。

「本当は仲良いんじゃない？　いくら裕美だって、藤川先輩みたいな人と知り合う機会があったら放っておかないと思うしさ」

「そ…そんなこと……。それに、灘元くんと仲が良いのは沢辺くんでしょ？　あたし、いつも羨《うらや》ましかった」

「えっ？」

「あっ」

うっかりと口を滑《すべ》らせた彼女は、見事なぐらい赤面する。羨ましかったって言い回しはしてたけど、それって翻訳《ほんやく》したら嫉妬《しっと》してたってこと？　男の俺にまで嫉妬しちゃうぐらい、裕美が好きだってこと？

「その……戸波《となみ》さんも仲良くて、だから、あの……。や…やだ、あたしったら、何が言いたいんだろ。あ…あはっ」

誤魔化そうとして墓穴掘った？　藤川先輩《オレ》ってば、笑顔、引《ひ》き攣《つ》ってるよ？　だけど、なるほどね。そりゃ、裕美の恋人としちゃ男より女に嫉妬するわな。

確証なんて何もないところから始まった、俺の藤川綾乃《さきこ》リサーチ。多分、今だったら女ってだけで誰もが疑わしく思えた。その中で、偶々彼女が俺の意識に引っ掛かった。そういうタイミングだったんだ。それだけだった筈なのに……。

「裕美以外にも野球部に知り合いいるの？　クラスメイトとか弟とか」

「あ、ううん。あたし、野球部では灘元くんぐらいしか知らないの」

「じゃあ、野球が好きで見にきたんだ？」

「あ……えっと……ううん。野球は、その……よくわからなくて……」

これはもう……決定だ。

「ふーん。じゃあ俺と一緒だね。俺も野球には疎《うと》いから」

俺はようやくそこで会話を打ち切った。

なんていうか、俺って最低。自己嫌悪で吐《は》き気《け》までしてきそう。

なんていうか……なんていうか…さ。好きって気持ちぐらい我儘《わがまま》でいじましいものはないって気がする。

もう…さ、彼女が裕美の今の恋人なんだってわかったんだから、それでいいじゃん。なのに、ちっともよくなんてない。

裕美は彼女のどこを好きになったんだろう？　俺より彼女のどこが良くて、どれだけ彼女を好きなんだろう？

人の気持ちは縛《しば》れないものだもんな。裕美が俺より彼女の方がいいってんなら、彼女を恨《うら》むことじゃないし、裕美を取られたなんて逆恨みで意地悪してやろうなんてふうには思わない。そんでも、もう俺は彼女とは絶対に仲良くなれない。

だったら、さっさと席を立ってしまえばいい。口実なんていくらでもつけられるんだから、ここで彼女と別れてそれっきりにしてしまえばいい。だけど、俺にはそれができない。

理屈じゃないんだ。でも、理屈で説明できないこの感情がとても汚《きたな》く思えて堪《たま》らない。これこそが『嫉妬』っていう感情なんだろうし、綺麗《きれい》な嫉妬なんてないんだろうけどさ。

彼女の顔を見ていることができなくなって、いつのまにか中盤を迎えていた試合に今更の視線を向ける。

ああ、なんか堪らなく自分が嫌だ。なんだか俺が……俺だけが我儘でいじましいんだって気がしてきた。

男同士って上に、こんなに根性腐った奴じゃ、裕美に見限られて当然だ。それでも、俺は裕美が好きだ。裕美が好きだから、こんなどーしょもない奴になっちまうんじゃないか。

ああ、だから！　ここで裕美に責任転嫁してどーすんだよ？　裕美が悪い訳じゃないのに、裕美のせいにして、俺ってとことん最低。

「あの……沢辺くん？」

いきなり押し黙った俺に、彼女が不安そうに声をかけてくる。俺はそれを、試合に熱中してるふりで無視した。

聞こえないふりでもしなきゃ、本格的に最低なこと言い出しちまいそうで、でも、こっちから声かけといて都合が悪くなったら無視なんて、それこそが最低で……。

真夏の強い陽射しにジリジリと焼かれながら、俺はどん底まで落ち込んだ。

そうだよ、どん底まで落ち込んだんだから！　彼女に会っても落ち込みに拍車が掛かるだけなんだから！　もう裕美の試合を見るどころじゃないんだから！　いい加減に俺も懲《こ》りりゃいいのにな。

無事二試合目も勝ち進んだ裕美は、昨日に続いて今日も試合。その試合観戦で三回連続顔を合わせたら、いきなし一緒に観戦しないってのも、わざとらしい気がして……。

「良かった。昨日、何か沢辺くんを怒らせるようなことしちゃったのかなって、ちょっと気にしてたの」

「え？　怒らせたって、いつ？　俺、そんな態度取ってた？　なんだろ？　覚えないけどなぁ」

「あ、ううん。あたしの気にしすぎ。ごめんね」

怒った訳じゃないけど、身に覚えはある。いきなりシカトこかれりゃ、気にもなるよな。それでも、わざとらしく惚《とぼ》けた俺に、彼女は心底ホッとしたように微笑《ほほえ》んで謝ってまでくれちゃうもんだから、なんだかチクチクと罪悪感。

ごめんって謝らなきゃいけないのは俺の方なんだよ。直接には何したって訳でもないけど、これって一種のデバガメじゃん。裕美に内緒で彼女に近づいて、彼女と裕美のことを覗《のぞ》き見《み》してるってーか……。それだけでも俺っていやらしい奴だと思うのに、勝手にあんたに悪感情持ってんだぜ？　あんた、何も悪いことしてないのに……。

「えっと、これで三試合目だろ？　この後は間一日ずつ空けて、残り二試合か」

彼女と裕美の関係とか、彼女のこととかを探るんじゃなきゃ、彼女とこうして並んで座ってる意味もない。だけど、そーゆうことする自分が嫌で、俺は彼女とも裕美とも関係ない話題を選ぶ。あ、試合の話題なんだから、裕美とはまったく関係ないって訳じゃないんだけど、球場じゃこれが一番何気なくて無難な話題だからさ。

「あと二試合勝ったら甲子園《こうしえん》でしょ？　たった五試合を勝てば甲子園だなんて、なんか甲子園ってすごく近い気がしちゃう」

「そう言われると、そんな気がするな。結局は五試合を勝ち抜けばいいだけなんだし」

そんな話しながら笑ってる俺達って、すっごいド素人《しろうと》？　対戦相手には強いチームも沢山《たくさん》ある訳で、一戦ごとに篩《ふる》いにかけられての五連勝がそんな簡単なものじゃないことぐらい、いくらド素人だって考えればわかる。でも、俺はそんなことよりも別のことを考えてしまう。

初恋ぐらい綺麗なものはないって言葉があった気がするけど、俺も裕美が初恋なのに綺麗どころか汚いじゃん。こんな汚い初恋してるのって……こんな汚い恋してるのって俺だけなのかな？

「あ、次は灘元くんの打順。ベンチから出てきただけで、存在感あるわね」

ネクストバッターズサークルに入った裕美は、存在感があるだけじゃなく、バッターボックスに立つ前からカッコイイ。

考えてみたら、男同士で両想いになれた幸運より、俺みたいな奴がそういう意味で裕美に一度でも相手にしてもらえた幸運のが上だったんじゃねぇ？　そう思ったら、こんな汚い恋をしてる自分が嫌になるだけじゃなく、こんな汚い恋に裕美を巻き込んだことで裕美まで汚したような気分になってきた。我ながら、落ち込みに際限がなくなってるなぁ。

バッターボックスに立った裕美。豪快なスウィング。バットがボールをド真ん中で捕《と》える。

「わっ、ホームラン！　すごい、すごぉい。灘元くん、昨日も二本ホームラン打ったのに」

彼女の嬉しそうな表情と歓声。悠々とベースを回る裕美の姿。その時、ふっと思えたんだ。

——振られても仕方ないな、って。

うん、もういいや。俺みたいなどーしょもない奴が、裕美の恋人だって方がおかしい。俺に裕美はもったいない。だから、もう……いい。

裕美とのことを割り切れれば、彼女のこともどうでもいい。それでもやっぱり裕美のことが好きな俺としちゃ、彼女が気にならなくなるってもんでもないんだけど、だから、もう彼女と会うのはやめよう。明後日から、もう此処《ここ》に来るのはやめよう。今日もまだ試合の途中だけど……。

「あのさ、藤川先輩。俺、この後に約束が入ってて……」

中座《ちゅうざ》して帰ろうとした俺が全部言い終わらないうちに、隣に座っている彼女の身体がいきなり後ろにグラッと傾《かし》いだ。咄嗟《とっさ》に腕を伸ばして支えたけど、……え？　意識…失ってる？

な…なんだよ、ちょっと！　貧血？　あっ、熱射病か!?　こんなに細くて白いのに、帽子《ぼうし》も被《かぶ》らないでいるから……って、今更言ってもしょーがない。

どーしよ？　熱射病って動かしてもいいのか？　朝礼で倒れた奴、すぐに保健室に連れてったりしてるから、動かしてもいいんだよな？　それに、熱射病だったらこの炎天下にそのままって方がどう考えたって拙《まず》いし、彼女ぐらいだったら、俺でもなんとかなるか。彼女を此処に一人残して、誰かを呼びに行くって訳にもいかないしな。

なんか、笑えちゃうぐらいついてない。不謹慎《ふきんしん》だけど、裕美の恋人になんで俺がこんなことしなきゃいけないのかなとか考えちゃったりして。ああ、割り切った筈なのに、俺ってとことん嫌な奴。

俺は彼女を横抱きに抱《かか》え上《あ》げると、野球場の関係者を探しつつ観客席から出入口に向かった。

えっと、保健室ってどこなのかな？　あれ、野球場の場合は保健室じゃなくて医務室か？　ああ、そんなんはどっちでもいいんだってば！　確かこの市営野球場は医務室があった筈。

「あ、すみませーん」

廊下に出た俺は、それらしいおっさんを見つけて呼び止めた。女の子を横抱きにしてる俺に、おっさんはちょっと驚いた顔をしたものの、事情を知るとすぐに心配そうな表情になって医務室に案内してくれた。

医務室で気がついた彼女は、泣きそうな顔をして何度も俺に謝罪した。裕美の試合の途中だってのに中座して帰るつもりだった俺は、倒れた上に何度も詫《わ》びてくる彼女を見捨てることができなくて、結局彼女を自宅《いえ》まで送ることになってしまった。

ああ、どこまでもついてない。

……そして……。

俺達が球場を出る前に、試合結果が出た。3―2。——我校は三戦目で敗退した。

え…え〜とォ……？

いや、理屈はわかる、わかるよ。高校野球は負けたらそこで終わりで、そしたら合宿も終わりで、だから、裕美《ひろみ》が合宿を終わらせて帰宅したってのはわかる。けど……。

なんだって、帰宅したその日のうちに俺の部屋に来てる訳《わけ》？

突然の裕美の来訪に、俺、心の準備できてねーって。なのに裕美は、俺の机を陣取って、俺がそれまで立ち上げていたパソコンをいじってる。

「よし、ＯＫ。このソフトが入ってて、なんだってレジストリの掃除をしてなかったんだかな」

え？　レジストリって何？　おまえ、パソコン買ったのって、ついこないだじゃん？　野球の練習があって、試験もあって、それなのにどーして俺を追い越してる訳？　いや、そんなのはどうでもいいことで……。

「この調子じゃ、不要なファイルも残しっぱなしなんだろ？　ついでに掃除しとく」

パソコンを再起動させながら言う裕美に、俺はどんな反応をしていいかもわからない。新規ユーザーならまだしも、ある程度キャリアのあるユーザーのパソコンを我物顔でいじくるってのはプライバシーに拘《かか》わることだぞ。

ああ、だから！　問題はそんなこっちゃなくてっ!!

合宿だけじゃなく、昨日と今日は連日試合で疲れてんだろ？　それなのにどーして俺の部屋に来たりしてんだよ？　それだけ……それだけ俺と、一刻早に別れたかったってことか？

他に考えつかないから、俺は黙り込むしかない。

そりゃ、割り切りはしたさ。だからって、裕美に振られることに無感覚になれる訳じゃない。ましてや、割り切ったからって自分からそれを促《うなが》すような言動なんて取れない。

いじましくても、しつこくても、裕美が好きなんだ。そうじゃなかったら、同性相手に十年来の初恋なんて引《ひ》き摺《ず》ってこなかった。そんでも、割り切ったからさ。別れたいなら、裕美から言い出してくれよ。俺からなんて、とてもじゃないけど言えないんだからさ。

「ああ、最適化《デフラグ》は一応やってあるみたいだな」

言いながら裕美は、ビギナーとは思えない鮮《あざ》やかさでマウスを操り、キーボードを叩く。でも……だから……そんなことよりも……。

これこそが蛇《へび》の生殺しだ。今度二人きりで会った時は、裕美に振られる時だって覚悟してた。だって、それ以外にないだろう？　だったら、さっさとトドメを刺してくれ。

そんな俺の心情を気配で察したのか、裕美はディスプレイに視線を向けたままで話題を変えた。

「そういえば、おまえ、最近藤川《ふじかわ》先輩と親しいみたいだな。今日なんか、倒れた彼女を抱き上げて医務室に運んだだろ？　それを見てた奴等《やつら》が騒いでた」

核心には近づいたけど、まだそんな遠回しな言い方する？　Hしたことが裕美の中で俺との関係がダメになった切っ掛けでも、Hまでしちゃっといていきなりな別れ話ってのは切り出しにくいんだろう。けど、俺がどんな気持ちでおまえに振られる決心したと思ってるんだよ？

「三試合連続二人で一緒に試合観戦してたんだろ？　それでおまえがまた女を始めたってことにゃならないが、我校《うち》の生徒はあのトトカルチョに噛んでる奴が結構多いからな。それだけでも騒ぎたいんだろうし、俺も……いや、まぁ、俺の場合、相手が藤川先輩じゃなきゃ負け試合の直後におまえに会いたくはなかったんだけど」

だんだん核心には近づいてきてるよ？　けど、真綿でじわじわと首を絞《し》めるような、そんな近づけ方しなくてもいいじゃないか。

なんか、悲しいの通り越して、腹立ってきた。

「なんで負け試合の直後だと会いたくないんだよ？　疲れてるってんなら、勝ち試合の後だって同じだろ？」

超不機嫌な声音で言った俺に、裕美は眉間《みけん》に皺《しわ》を寄せながらようやく振り返った。

「試合に負けて悔《くや》しくないスポーツマンなんて、スポーツマンじゃないと思うぞ。ただでさえ機嫌が悪い時に、できればこんな話はしたくなかった」

「へぇ、裕美でも試合に負けると悔しいんだ。甲子園《こうしえん》に執着《しゅうちゃく》してねーから、試合に負けても大して悔しくないんだと思ってた」

無神経な俺の言葉で、裕美の眉尻《まゆじり》がピクリと吊《つ》り上《あ》がる。だけど、裕美が発した怒気はそれだけだった。

「甲子園は結果に付随してくるものだ。その付随品に執着してないからといって、勝ちに執着がないことにはならないだろう？　勝ちたいと……強くなりたいと思ってなきゃ、練習なんかもしていない。それぐらいのこと、由樹《よしき》もわかってると思ってた」

そうだな。俺は裕美が毎朝毎晩の素振《すぶ》りを欠かさないことも知ってるしな。なのに、大した自制心だよ。切れりゃいいじゃん？　俺、おまえが切れるだけのこと言ってんだから。

「野球よか、綾乃《あやの》ちゃんの話だろ？」

「綾乃ちゃん？」

「藤川綾乃ちゃんの話がしたくて、負け試合の後で俺に会いたくないとこ、わざわざ会いに来たんじゃねーの？」

俺が話を逸《そ》らせたようなもんだけど、核心から遠ざかってしまった話題を修正するのに、俺は敢《あ》えて『綾乃ちゃん』なんて彼女本人にはしたことのない呼び方をしてみる。それに裕美は、眉だけじゃなく顔全体を歪《ゆが》めた。

「おまえは名前の呼び方にあまり頓着《とんちゃく》がないようだが、相手は先輩だぞ？　それに……彼女はダメだ。言っただろ、彼女のことじゃなきゃ負け試合の直後におまえに会いたくはなかったって」

「だから、なんだってんだよ？　話の主旨《しゅし》が見えねーって」

「それに、これもおまえには言ってあったよな？　俺は独占欲が強いし、嫉妬深《しっとぶか》い男なんだって」

ついに、きた、か。けど、そーゆう引用の仕方って、裕美の無神経のが質《たち》が悪い。

『俺は独占欲が強いし、嫉妬深い男なんだ』

ああ、確かに聞いてるよ。でも、それは俺にくれた言葉だったじゃないか。それを俺に対し

て、今度は彼女の為《ため》に使うのかよ？　独占欲が強くて嫉妬深い男としちゃ、
裕美のオンナの名前を馴れ馴れしく呼ぶなってか？　だったら、そんなの、きっぱり俺を振ってからにしろよ！　まだ俺を振ってもいないくせに、そーゆうのってアリなんかよ!?

「倒れた病人を医務室に運ぶのは当たり前のことだ。それでも、藤川先輩をおまえが抱き上げたってだけで、俺は腸《はらわた》を煮立たせられるんだぜ？　ましてや、彼女は……」

「熱射病だったんだ！　仕方ないだろ!!」

「だから、当たり前だって言ってるだろ!?　それでも、腹が立つんだ!!　悪いか!?」

ついに声を荒《あら》らげた裕美に、裕美を切れさせようとしてた俺の方が切れる。

おまえ、彼女のことなら声を荒らげるんだな。悲しいよりも腹が立ってきてたのに、悲しいの揺り返しまできて、もう怒ってんのかなんだかわからない状態になりながら、俺は思わず叫んでいた。

「俺……俺、おまえとは別れないからな!!」

こんなこと、言うつもりじゃなかった。それどころか、さっさと振られてすっきりしようとまで思ってたんだぜ？　それなのに、俺の口は勝手にその台詞《セリフ》をほざいていた。

俺……俺……自分の汚《きたな》さはうんざりするほど身に沁《し》みてた。自分の最低さを反吐《へど》が出そうなぐらい自覚してた。だから、これ以上は汚くなりたくなかったし、最低にもなりたくなかった。

でも、裕美を切れさせる為に選んだ言葉だって、本当は単なる八つ当たりで、その上にこんな……こんなの……。

でも、やっぱり裕美が好きなんだ。どうしょもないぐらい好きなんだよォ。

「俺はおまえが好きなんだ！　おまえに別の誰かができたって、俺はおまえが好きなんだ!!　別れ…ない！　絶対に別れないかんなっ!!」

別れたくない。捨てられたくない。だけど、裕美には俺じゃダメなんだ。だったら、今度こそ俺を振ればいい。おまえと別れたくないって言い張る俺を一刀両断しちまえよ。それぐらいじゃなきゃ、俺はおまえを諦《あきら》められないんだから……。そこまでされたって、諦められるかどうかわかんないんだから……。

怒らせた肩を乱れた呼吸に合わせて上下させながら、すっかり涙目になってしまった俺に、裕美は啞然《あぜん》とする。

「何言ってんだ、由樹？」

俺のヒステリーに毒気を抜かれたのか、裕美の声音の荒々しさは微塵《みじん》もなくなっていた。でも、それすらが俺のヒステリーに油を注ぐ。

「惚《とぼ》けんなよ！　彼女の忘れ物を教室に届けて知り合ったって？　俺を抱いた翌日には、彼女とデートしてたんだってな!?　彼女とも付き合ってたくせに、俺を抱いたのかよ!?」

「なんだよ、それ!?　っと、それより、今日はおばさんも迪瑠《みちる》ちゃんも階下《した》にいただろ？　そんなに大声出したら……」

「おまえ、最低！　どうせ俺は男だよ‼　でも、俺を抱きたいって言ったのはおまえじゃないか！　抱くだけ抱いて、やっぱり男はダメだってか⁉」

「由樹！」

「別れないからな！　男同士でも、俺は抱かれるぐらいおまえが好きなんだから‼」

「チッ‼」

すっかり我を失っている俺に裕美は何を言っても無駄だと判断したのか、いきなり椅子を鳴らして立ち上がると、大股《おおまた》に俺に近づいて力一杯抱き締めてきた。そして、ヒステリーで暴走していた俺の唇を、唇で塞《ふさ》いでくる。

「んっ⁉」

驚いて咄嗟《とっさ》に押し退けようとしても、鍛《きた》え抜《ぬ》かれた裕美の身体《からだ》はびくともしない。

「ん……んん…っ‼」

どんだけ背中を拳《こぶし》で打ちつけても無駄。それでも、抵抗して抵抗して、元々あまりない俺の体力が尽《つ》きた頃、ようやく唇だけが離れた。

「なんか、俺がしようとしていた話と思い切り食い違ってるぞ。おまえ、何を誤解してるんだ？　ちゃんと話せ」

誤解？　何が誤解だってんだよ⁉

俺は半泣きになりながら、裕美を責め立てた。

最後まで最低で見っともない俺。そんな俺のヒステリーに黙って付き合っていた裕美は、裕美を責める俺の言葉が尽きたところでこれ以上はないってぐらい長い溜息《ためいき》をついた。

「──なるほど。まさかおまえがそんな勘違いしてるとは想像もしてなかった」

「何が勘違いなんだよ!?」

「だから、大声を出すなって」

裕美は俺を抱きかかえたままでベッドまで移動すると、俺を隣に座らせた。だけど、その抱《ほう》擁《よう》を解こうとはしない。

「藤川先輩が好きなのは、おまえだよ」

……え？

「何度も言うが、俺は独占欲が強くて嫉妬深いんだ。おまえを本気で好きな女に、おまえが必要以上に優しくするなんて面白《おもしろ》い筈がないだろ」

……はぁっ？　あ…あの……だ…だって……。

「別れないなんてのは、こっちの台詞だ。今更《いまさら》心変わりしたとしたって、一度でも俺を好きだと言ったおまえが悪い。俺はおまえを手放してなんてやるつもりはないからな」

なんだよ、それ？　俺に嫌気がさしたのは裕美の方だろ？　なんで、そんな……。

だけど、俺はその疑問も口にできなかった。

「俺は、開き直ったぞ。いくらとんでもない初体験させちまったからって、あれ一回で終わらせる気は毛頭《もうとう》なかったんだから、俺は金輪際《こんりんざい》我慢なんてしない」

言い様、裕美の唇が再び俺の唇を塞いでくる。呼吸を奪うようなキスは、だけど、さっきのよりなんだかいやらしい。

なんで？　男はダメなんじゃないのか？　俺じゃダメなんだろ？　なのになんでこんな……いやらしいぐらい濃厚なキス……？

訳がわからない。それでも、俺は裕美が好きで、今、裕美に抱き締められてキスされてるのは現実で——……。

俺は訳がわからないまま、裕美の身体にすがりついて、夢中でキスに応《こた》えていた。

翌朝、裕美の素振《すぶ》りに付き合った俺は、隣家の庭でのストレッチにまで付き合った後、朝も早くから裕美の部屋に上がり込んでいた。

「これから毎朝早起きして、裕美の部活がない日は夏休み一杯これかぁ」

俺は裕美のベッドにパフンと腰を下ろすと、なんとなく愚痴《ぐち》ってみる。本当は裕美と一緒にいられるなら早起きなんて苦でもないんだけどね。

それに裕美は、手にしたタオルで汗を拭《ふ》きながら俺に近づくと、ヒョイと腰を屈《かが》めて俺の唇を掠《かす》めとる。

「これぐらいのペナルティは当然だろ？」

それを言われると返す言葉がないんだけど、でも……。

「こら、裕美。汗臭《あせくさ》いってば」

俺は照れ隠しで、論点を変えて言い返す。本当は裕美の汗の匂《にお》いって嫌いじゃないんだけどさ。そりゃ、強烈汗臭いのは勘弁だけど、汗の匂いしてた方が裕美っぽいし。

それでも裕美は俺の言葉を真に受けて身体を離すと、新しいTシャツを出して着替えだす。

「おまえも汗はかいた筈なのに、ちっとも汗臭くならないんだな。それどころか、いい匂いさせてたりするし」

あっ、迪瑠《みちる》の部屋でｐａｃｏ《パコ》を見つけたから、初めて使ってみたんだよね。けど、もう匂い飛んじゃってんじゃないか？　まだ朝だってのに外にいるだけで暑くて、セットした髪がへなちょこになるぐらいは汗かいたし。

それでも自分の匂いをクンクンと嗅《か》いでみたりしてる俺に、裕美は苦笑しながら話題を元に戻す。

「まっ、キスしたい時にキスできるようになったんだから、多少の文句はヨシとするか」

「な…何言ってんだよ。俺、キスしちゃダメだなんて言ったことなかったぞ？」

上げた視線の先、平気で上半身裸になってる裕美にドキッ。そんな動揺《どうよう》を隠して反論した俺に、裕美はでかい図体で子供みたいに拗《す》ねた顔をする。

「言われはしなかったけどな。いくら好きでも男同士には抵抗感があるんじゃないかってさんざん我慢して、それでも意を決してキスしたら、直後に拳《こぶし》で唇をゴシゴシ拭《ふ》かれたりしてみろ。キスしたら、キスだけじゃ済まない状態になってた身としては、堪《たま》ったもんじゃなかったぞ」

「あ、それ、セカンドキスの時？　ち…違うよ、あれは……その……さっさとキスの感触《かんしょく》消さないと、キスだけじゃ済まなくなりそうだったから、さ」

「――試験勉強中だってのに、あの時は大変だったんだぞ。この部屋におまえと二人きりってだけで、その後はキスしなくてもヤバイ状態になりそうになるし。もっとも、予測はしてた状況だったから、試験勉強には沙貴子《さきこ》も誘ってみたんだけどな」

そんな理由で裕美が沙貴子にも声をかけたなんて、俺、思いつきもしなかったもん。それに……。

「そんな……そんなの、俺だって、その……」

真っ赤になって俯《うつむ》くしかない俺の視線を無理矢理捉《とら》えるようにして、着替え終わった裕美は床にドカッと座り込むと俯いた俺の顔を見上げてくる。

「こりゃダメだと思って、誕生日プレゼントにおまえをねだりゃ、おまえはNOとは言わなかったけど、女装なんてするし。やっぱ男同士ってことに抵抗感あるんだと思って、こっちはおまえを女扱《あつか》いするのに名前を呼び間違えないようにするのも一苦労だったんだからな」

「お…俺は、おまえが……。おまえが男なんて抱きにくいだろうと思ったから…さ」

ああ、もう！　俺達ってば朝っぱらからなんでこんな恥ずかしい話してんだよ？

居《い》た堪《たま》れなくなった俺は、今度は論点じゃなく話題自体を変えることにする。

「でもさ、藤川先輩の本命が俺って、マジ？　裕美の勘違いじゃねーの？」

それに裕美はムッとした表情になる。

「忘れ物を教室まで届けたのが切っ掛けで、顔を合わせれば挨拶《あいさつ》ぐらいはしてたけどな。それだけで気づけるぐらい、彼女の視線はおまえを追ってた」

「でもそれって、彼女のおくゆかしい性格からすっと、直接おまえを見詰めるのが恥ずかしかっただけと違うか？　そうじゃなきゃ、野球に興味もないのにおまえの応援に行って、熱射病になるぐらい無理するなんてこともなかったと思うんだけど？」

「彼女は俺の応援に行ってたんじゃない。幼馴染みのおまえが俺の応援に行くだろうことを見越して、おまえを見に行ってたんだよ」

「う～ん……」

昨日も裕美に聞かされたことだったけど、どうにも実感が湧《わ》かないな。だって、俺、彼女が裕美の新しい恋人だって信じ込んでたし。それに、俺って女に取っちゃマジ恋の対象にゃならないタイプらしいし。

俺がそれを言う前に、裕美が言葉を重ねる。

「今までおまえが相手にしてたような楽しくお手軽な恋愛タイプでも俺には気になるのに、藤川先輩はどう見たってそういうタイプじゃないからな。まぁ、彼女のおくゆかしい性格なら、おまえがこれ以上の期待を持たせることしなきゃアクションの可能性もないだろうから……もう期待持たせるなよ」

う…う～ん？　やっぱり、どうにも実感湧かないぞ。でも、だったら……っと、そーだよ！昨日聞き損ねたけど、だったら、裕美が彼女とデートしてたって件はどうなるんだ⁉

それを聞いたら、裕美は目一杯呆《あき》れた顔をしてくれた。

「デート、なんて理由で合宿参加を一人だけ一日遅らせたりできると思うか？　俺がそういうことをできるタイプかどうかも、おまえわかってなかったのかよ？」

「あっと、それは、その……」

「母さんだよ。今まで野球で合宿なんてなかったし、あいつ、俺が野球に夢中になってるのも気に入らないみたいだし。一日買い物に付き合わなきゃ、合宿参加の承認の判子《はんこ》押さないって駄々捏《こ》ねてさ」

「えっ？　裕美のデートの相手って、苑香《そのか》さん⁉　でも、腕組んで、おまえ、相手の女の名前呼び捨てにしてたって……」

「腕組むぐらいしてないと、あいつはすぐにこぼれて迷子になる。それで拗ねられて承認の判子もらえなかったら元も子もないだろ？　名前を呼び捨てにしてたのは、交換条件。あいつは人前で『母さん』とは呼ばれたくないし、俺も『裕美ちゃん』なんて呼ばれたくないからな」

裕美のデートの相手は……苑香さん？　そりゃ、苑香さんは野球みたいな泥《どろ》まみれになるスポーツは好きじゃないだろうし、駄々を捏ねるってのもナチュラルにやりそうだけど、小出《こいで》の奴、母親との買い物をデートだと勘違いしたのかよ？

——ありえる、か。苑香さんは裕美の母親って方が違和感あるし、いっそ姉だと言ってくれた方がビジュアル的には自然だもんな。姉に見えるぐらいなら年上の彼女に見えたっておかしかないし、裕美は苑香さんのキャラクターを恥ずかしがって、今の高校の奴等《やつら》にゃ誰にも会わせてないみたいだし。

「はぁ……」

なんか脱力。俺のこの苦しく辛《つら》い日々はなんだったんだ？

そんな俺の様子に、裕美も苦笑する。

「おまえ、日頃の態度は能天気なくせして、思考回路はポジティブとは言えなかったりするからな。だけど、まさかいきなり『別れない！』って叫ばれるほどネガティブになってるとは思わなかった」

「だって、Hした後、おまえがあんな態度取るから！　おまけに、全然会ってくれないし……」

「合宿があるから会えないってちゃんと言っただろ？　大体、どこに会う時間があったんだよ？」

「だ…だって、あんな態度の後で……」

「あのなぁ、同じ男としてわかれよ。逆《のぼ》上《あ》せ上がって、あんな……その……無茶やっちまって、当のおまえからも『未熟者』とか言われて、とてもじゃないけどにこやかな態度なんて取れなかったぞ？　正直、自己嫌悪でしばらくは顔合わせられないって気分だったし」

言われてみりゃ、そりゃ、そーなんだけど……。

俺は俯かせていた顔を上げると、座っていたベッドから滑《すべ》り落《お》ちるようにして、床に腰を落とす。そんでもって、今度は俺から裕美に視線を合わせると、昨日もした確認をもう一度する。

「俺が男でも、いいんだよ…な？」

「それはこっちの台詞だって昨日も言ったろ？　まぁ、今更『やっぱ男同士はダメだ』って言われても、俺におまえを離す気はないとも言ったよな？　女装させるぐらい無理させたことを申し訳なくは思うし、だから謝りはしたけど、それはそれ、これはこれだ」

『だから謝りはした』って、『そういう意味もあったな』の『も』がそれってこと？　あれって、俺に女装っていう無理をさせたことを謝ってたのかよ？　ってことは、裕美にしたら俺の方が男同士ってことに抵抗感あったように見えてたんだな。女装しなきゃいくら好きでも男に抱かれることなんてできなかったように見えたんだろ？

だから謝ったんだろうけど、謝りながらも俺を手放す気は全然なかった訳だ。は…ははは……。もぉ、嬉《うれ》しいっていうか、なんていうか……なんていうか…さぁ。

俺は裕美にギュッと抱きつくと、初めて自分から裕美の唇にキスをした。


喉元《のどもと》過ぎればなんとやら。ほとんど毎日裕美《ひろみ》と過ごせる、楽しい楽しい夏休み。これも裕美が地区大会で負けてくれたお陰だな……なんて、そんなこと裕美にゃ言えないけどさ。

しっかし、俺ってば本当に喉元過ぎちゃったんだなぁ。午前中一杯裕美に付き合った俺は、一度自宅に帰ってシャワーと昼メシを済ませてから、また裕美の部屋に来てたりするんだけど……。

「折角《せっかく》の夏休みなんだぜ？　たまにはデートぐらいしようよ、デートォ」

裕美のベッドの上でジタジタする俺に、裕美はシレッとした表情で言いやがる。

「デートならしてるだろ？」

「どこが⁉」

「部活のない日の午後は、いつもジムでデートしてるじゃないか。今日も午前中からランニングで土手まで行って、そこでキャッチボール。帰りも一緒にランニング。ああ、昨日の午後は

ジムじゃなくてバッティングセンターに行ったな。いいデートコースだと思うぞ」

「だから、どこが!?　こんなことしてたら、俺、体力つく前に死んじゃうよ！」

「死ぬより体力つけろ。おまえは構えてるだけでいいんだから、俺がまともに投げた球を受けられるようになってくれればもっと練習になる」

「そんなの受けられるようになるよか、死ぬ方が絶対に早いっつってんだろっ」

そりゃさ、裕美と一緒ならそれだけで嬉《うれ》しいってのは嘘じゃないんだけどさ。

「いいじゃん、たまには映画とか、遊園地とかぁ」

ジタジタから上目遣《うわめづか》いに変えておねだりする俺に、裕美にしては意地の悪い表情でニヤリと笑う。

「誰かさんに、俺は試合に負けて悔《くや》しいとも感じない男だと思われてたらしいからな。どれだけ悔しかったかわかってもらうにはいい機会だろ？」

あっ、それってあの時俺が言ったことに拘《こだわ》っちゃってる？　こりゃ、裕美が地区大会で負けてくれたお陰なんてこと、絶対に言えない。

恋人の不幸を喜んでるあたり、俺ってやっぱり性格悪い。

「甲子園《こうしえん》は結果に付随してくるものなんて言ってないで、いっそのこと最初から狙《ねら》ってみるかな？　その方が由樹《よしき》にはわかりやすいみたいだし」

「そ…そこまでしてくんなくても、もうわかったよ。わかってるから」

慌《あわ》てて反論しながら、でも、裕美がまた甲子園行くことになったら、それはそれで嬉しくなるだろう自分に気づいたりなんかして。そうしたらまた会う時間は減っちゃうだろうし、それで裕美が一層有名人になっちゃったら淋《さび》しいし、今より女どもに騒がれだしたらジェラジェラもするんだろうけど、それでも裕美が楽しそうに野球して良い結果を出せば俺も嬉しいからさ。

俺はゆっくりとベッドに身を起こすと、微笑《ほほえ》みを浮かべて本心から言った。

「春には行けたらいいな、甲子園」

「ん？　う〜ん……そうだな」

おいおい、自分で言ったそばから、なんなんだよ、今の間は？　結局は欲がないんだよな、おまえって。でも、そんなとこも好き。

俺の表情をどんなふうに取ったのか、裕美はベッドに近づいてくると、俺の隣にぞんざいに腰を下ろす。

「話を蒸し返すようでなんなんだが、いくらおまえが本質じゃネガティブな思考回路の持ち主だといっても、どうしておまえが俺に振られるって結論にいったんだかが、実は未《いま》だにどうにも理解できないんだよな」

う…っ！　そ…それは……。

「今更《いまさら》だけど、『どうして？』って聞いてもいいか？」

そ…そんなの……だって……。俺、確かにライトな態度に反して根暗なとこあるんだろうけど、裕美のことじゃなけりゃいくら俺でもあそこまで後ろ向きに暴走はしなかったぞ。

裕美が相手だったから。裕美が特別過ぎるから。それは言ってもいいんだけど、それを言ったらどんなふうにネガティブだったかまで言わなきゃならなくなる気がして……。

「ダ…ダメ！　言ったらおまえに嫌われるもん」

「俺に嫌われる？　なんで？」

「俺……俺、嫌な奴だからさ。いじましいし、汚《きたな》いし……。でも、おまえに嫌われたくねーんだもん」

自分の汚さを隠すってのも、汚い行為の一種なんだろうけど。

そんな俺に、裕美はそれ以上追及《ついきゅう》してこようとはしなかった。その代わりに、プッと吹き出す。

「おまえって本当に可愛《かわい》いな。あのガキ大将にこんなに可愛くなられたら、同じ男でありながらガキ大将相手に恋した俺としちゃ、おまえがどんなにいじましくて汚い奴だったとしても嫌えやしない」

な…なんだよ、それ？　大体、ガキ大将って一体何年前の話だ？

「なんか、またムズムズと触りたくなってきた。触っていいか？」

おまけに、この頃の裕美はすっごい触り魔だ。こいつって、こんな好色だった訳《わけ》？　そりゃ、もう我慢しないって宣言は聞かされたけど、ナニを覚えた猿じゃあるまいし。

俺自身に男同士って抵抗感はないんだと知った裕美は、ファーストキスからセカンドキスまであれだけの間を置いたのが嘘《うそ》のような豹《ひょう》変《へん》ぶり。まぁ、ね。裕美に触られるのは……触ってもらえるのは、俺だって嫌じゃないけどさ。

「まったく、おまえって意外と好き者だったんだな。いいのかよ、健全たる高校球児が不純同性交遊なんて……」

「コレがダメだって言うなら、不純異性交遊もダメだと思うぞ？　もっとも、協会規定に『童貞であること』なんて項目はなかった気がしたけどな」

「ば…馬鹿。触るだけだろ？」

「最後までさせてくれるなら、いつだって最後までしたい。未熟者としちゃ、いくらでも練習したいしな」

あ、それにもまだ拘ってる？

「でも、いくら未熟者でも、おまえ以外の相手で練習したいとは思わないからな」

くそっ、裕美ってば、どうしょもない堅物《かたぶつ》なくせに、こういう殺し文句をサラッと言ってくれちゃったりするからなぁ。

あの一回だけで、他には最後までいったことないけど、俺はいつだって最後までOKなんだぜ？　どんだけ痛くたって、裕美を受け入れて一つになれるってのは俺にとってすっごく幸せなことだからさ。

でも、問題は……。

「苑香《そのか》さん、階下《した》にいた…じゃん？　最後までやって、バレたら、拙《まず》い…って」

既《すで》に俺のシャツの中に手を入れて、俺の胸を弄《いじ》ってる裕美に、俺は現実問題を提示する。

「こ…この後、下…も、触るんだろ？　俺、それだけでも、声、我慢できないのに……」

「う〜ん」

考え込むような声を発しながら、裕美の手は止まらない。それどころか、俺の首筋にくちづけてまできたりして。

あ、ちょ…ちょっと待てって！　そんなふうにされたら、下を触られだす前に、声が……声がっ!!

その時、ノックの音が響き、同時に——…。

「ユキちゃん、お昼ごはん食べてきちゃった？　あのね、ママね、今日はホウレンソウのキッシュを作ったのよォ」

げっ、苑香さん!?

裕美の唇はノックの音とともに俺の首筋から離れてたけど、裕美の手はまだ俺のシャツの中だってーの！

思わず凍りつく俺達に、苑香さんはキョトンとしながら無邪気に聞いてくる。

「何してるの？」

「……ちょっとふざけてた」

何も言えない俺と違って、裕美は反射的に答えたけど、そんな言い訳が通用する訳ないって!!

通用する訳ない…筈《はず》なのに、裕美の答えを聞くと、苑香さんはにっこりと微笑んだ。

「まぁ、くすぐりっこ？　仲良しね～っ。じゃあ続きは後にして、早く階下に来てね。お茶淹《い》れておくから」

あ…あの？　そんなにあっさり去っちゃっていいの？　本当に何も気がつかなかった訳!?

愕然《がくぜん》とする俺のシャツの中から手を引いた裕美は、身体を離しながら苦笑する。

「行くか？　早くしないと拗《す》ねるから」

俺、自宅《うち》で昼メシ食ってきちまったから……って、そーゆう問題じゃなくてっ!!

だけど、パニックした俺が何か言う前に裕美が結論を出してしまう。

「近いうちに部屋に鍵《かぎ》つけとく。あいつだったら、下手《へた》な声を聞かれても声だけだったらいくらでも誤魔化《ごまか》せるからな」

……は……？　は…ははは……。

なんだか俺は意味もなく脱力。まいっちゃうなぁ。まいっちゃうよ。俺が日頃の態度に反してネガティブな思考回路の持ち主だってんなら、裕美は世間が思いもよらないポジティブな思考回路を通り越して、なんていうか……なんていうかさぁ。

それでも、いっか。幸せだからいいよな?

「鍵、早くつけろよ」

俺は裕美と一緒にベッドから下りながら、裕美の肩を握《にぎ》った拳で軽く小突いた。

晴れのち晴れ

「や…やっぱ、体力つ…つけてるって…より、寿命《じゅみょう》…削《けず》られてる…て……」

八月も半《なか》ば過ぎ。まだ朝って言えるぐらいの時刻でも残暑は絶好調。野球部の部活がない日の恒例で、裕美《ひろみ》に付き合って土手までランニングした俺は、全身から噴《ふ》き出《だ》す汗を拭《ぬぐ》う気力もなく、芝生の上に座り込んで息も絶え絶えになりながら愚痴《ぐち》る。

愚痴るぐらいなら、『こんなのデートじゃない！』っつって裕美のランニングになんか付き合わなきゃいいだけの話なんだけどさ。でも、寿命削ってでも裕美と一緒の時間を過ごしたいってのが俺の恋心。そうだよ、そんだけ好きじゃなきゃお気に入りのTシャツ汗だくにして、気合い入れてセットした髪も台無しにしちゃいないって。

その辺、裕美ってばわかってんのかなぁ？　ほとんど毎日、こんなランニングとか、ジムとか、バッティングセンターとか。裕美としてはこれがナチュラルにデートなのかもしんないけど、だったら尚更《なおさら》愚痴ぐらい出るって。俺はポピュラーなデートがしたいんだよ！　って、それも何度も言ってるんだけどさ。

まともに取り合ってもらえてないのかな？　裕美を見れば、少し息を弾《はず》ませてるものの、『心頭滅《めっ》却《きゃく》すれば火もまた涼し』ってな顔して、首に掛けてたタオルで汗を拭《ふ》いてる。視線が川の方を向いてるのは、恨《うら》みがましい俺の無言の訴《うった》えを避けてるってこと？　それなら、俺の不満《きもち》はわかってるってことだよな？　だとしたら、それはそれで……む～っ。

と、その時、唐突に裕美が口を開いた。

「まさか、当たるとは思わなかったんだ」

「……は…？」

脈絡がなければ、主語もない。これで意味がわかったらエスパーだって。

「な…にが……？」

「ネット懸賞《けんしょう》。オープンしたてのリゾートホテルが、カップルのモニターを募集してな。一泊二日なんだが、夏休み中で俺の部活に影響のない日程っていうと明々後日《しあさって》に行くのがベストなんだよ。だから、有効期限内でとっくにその日付を押さえちゃいるんだが」

「…………」

「いきなりで悪い。カップルとしての一泊旅行だなんて、どうにも言い出しづらくてな。その……無理はしなくていいぞ。俺が行かないなら母さんが行くって騒いでるから、当たった宿泊チケットは無駄にならないし……」

「行くっ!!」

俺は速攻で力一杯答えた。だって、行くに決まってんじゃん。なんだよ、それ？　いきなしデートを飛び越して、一泊旅行？　めっちゃ嬉《うれ》しいぞ！

ようやく少し息が整ってきたと思ったら、さっきより鼓動《こどう》が速くなってる。でも、しょーがないよな。だって、裕美と一泊旅行だぜ？　誰が苑香《そのか》さんに譲《ゆず》るかってんだ。

あれ？　でも……。

「苑香さんが行きたがってるっつっても、そーゆうのって大体は権利の譲渡《じょうと》禁止だろ？　当たった本人じゃなきゃダメなんじゃない？」

「母さんが『灘元《なだもと》裕美』になるらしいぞ。裕美って名前は女の方が一般的だし、性別のチェックをつけ間違えたってことにすりゃいいってさ。どうやら年齢はあの人にとって問題にはならないらしい」

でっかい溜息《ためいき》をつく裕美に、だけど、俺は納得。苑香さんだったら、見た目は十七でも通用するって。実際は十七の息子がいるってのに、ある意味バケモノ。まぁ、結局は俺達が行くんだから、苑香さんが『灘元裕美・十七歳・女』なんちゅー身分詐称《さしょう》をする必要はない。

「俺が裕美と一緒に行くよ」

俺はもう一度言った。そこで裕美はようやく俺を振り返る。

「――そうか」

うわっ！　なんだよ、その照れたような笑顔は!?　カッコイイ系の裕美にそんな可愛《かわい》い表情されたら、ただでさえバクバクいってた心臓が大暴走しちまうじゃん!!

でも、旅行！　裕美と二人で、一泊旅行だよ!!　もーぅ、今まで体育会系デートの苦労に耐えてきた甲斐《かい》があったって感じ？

「じゃあ、休憩《きゅうけい》も取ったし、戻るか？」

「うんっ♡」

俺は嘗《かつ》てない元気さで頷《うなず》いた。

『ずるいわぁ、羨《うらや》ましいわ〜っ。男の子同士の裕美ちゃんとユキちゃんがカップルってことで行けるなら、ママが裕美ちゃんの名前で行ってもいいと思うのよね〜っ』

苑香さんは最後までそんなふうにブーたれていたけれど、男同士だって俺と裕美がカップルってのは嘘じゃないもーん。——なんてことは、言えなかったけどね。

「わぁーお！」

電車で二時間半。駅から送迎バスで十五分。到着したホテルの外装を一目見た途端、俺は思わず軽薄な歓声を上げた。だって、こんな豪華《ごうか》なホテルに泊まるなんて初めて。こんなの、ドラマで見るぐらいだったもんな。

「由《よし》……ユキ、先《ま》ずはチェックインするぞ」

今にもホテル探検しだしそうな俺のテンションに気づいたのか、裕美が先手を打ってくる。っと、あれ？　今、裕美の奴《やつ》、俺のこと由樹《よしき》って呼ばないでユキって呼んできたな。カップルとしてチェックインするってのがあると、なんとなくチェックインの時だけじゃなく、男同士ってのがバレないようにしないとみたいな心理が働くのは一緒か。俺もついついジェンダー・

ベンダーで決めてきたし。

だから、いいよな？　地元だと知り合いの目があるから、見た目だけ誤魔化しただけじゃこんなことできねーもん。

裕美の腕に手を絡《から》めてった俺に、裕美はちょっと驚いた顔をしたけれど、その手を外させようとはしなかった。

「へへ……えへへっ」

いい気になった俺は、裕美の肩に頬まで擦《す》り寄《よ》せちゃったりして。

天気に恵まれた今日は、当然めっちゃ暑い訳《わけ》で、それでもくっつきたいのがカップルのカップルたるところ。俺達はべったりとくっついてホテルに入ると、フロントへ向かった。

裕美がフロントマンにチケットを渡して宿泊カードを記入し終わると、大した荷物でもないのにポーターがついて部屋まで案内してくれた。んでもって、この部屋ってのがまた豪華！

「広ー！　あっ、ベッド、二つともセミダブルじゃん！　うわっ、室内露天《ろてん》風呂まである!!

うわー、うわーっ!!」

あっち見てこっち見て、バタバタと大騒ぎする俺に、裕美は微苦笑。

「移動中に汗かいたから、先に一風呂浴びるか？　と、聞くだけ無駄かな？　どうせまた汗かくんだし、すぐに遊びに行くか？」

荷物を足下に置いて一方のベッドに腰掛け、ホテルの施設案内を開いた裕美の隣に俺もパフ

ンと腰を下ろしてそれを覗《のぞ》き込《こ》む。

「プールにスパ、あっ、敷地内に果樹園まであるんだ」

「周辺に観光名所がまったくないから、ホテル内で満足出来るように造られているんだろ？」

「なるほど。あっ、釣《つ》りもできるようになってるでやんの。へーっ、色々あるなぁ」

またまた裕美の肩に懐《なつ》きながら、俺はもぉわくわく。施設案内見るだけですっげぇ楽しい。

「俺としちゃスパって興味あんだけど、おまえは思い切り興味なさそうだよな。んー、裕美はやっぱ釣り？　あ、釣った魚、料理して食わせてくれるんだってよ」

思いっきりの笑顔で『どうする？』と裕美の顔を見れば、裕美は俺とはまったく違う穏やかな笑顔を浮かべていた。

「こんなに喜んでもらえると、懸賞で当たった宿泊券で連れてきたのが申し訳ないぐらいだ」

そして、そのまま裕美の顔が近付いてきて――……。

う…わぁ。そりゃ、最近の裕美は二人きりになるとやたら触《さわ》ってくるし、だから、キスももう何度もしてるんだけど……。

唇の感触《かんしょく》を味わうだけの優しいキス。だけど、なんだか今までのキスと違う気がする。俺……俺達……恋人同士として二人きりで旅行に来てるんだなぁなんて、改めてくすぐったいような恥ずかしいようなムズムズした感覚が込み上げてきたりして。何度も何度も思ってきたことなんだけど、俺ってば本当に裕美のことが好きなんだなぁ。

重ね合った唇で俺がクスリと笑ったら、裕美が『ん？』って感じで離れようとしたから、俺は裕美の背中に腕を回して引き留めた。

ここで十分や二十分のロスがあったって、遊びに支障はねーよ。って、十分とか二十分もキスしてないだろうけどさ。

ただ、今はなんとなくこのキスをやめるのが惜しかった。なんとなくだから、根拠《こんきょ》なんてないんだけどね。


まずは釣りをして、釣った魚で昼メシをした。

「さて、腹も膨《ふく》れたし、この後はどうする？」

ホテルの敷地内を移動しながらそう聞いてきた裕美の腕にまたも引っ付いて、俺ははしゃぎまくり。

「此処《ここ》って果樹園もあるってーから、まずは食後のデザートだろ？」

「まだ食うのか？」

「デザートは別腹。そーいや、ゴルフのショートコースもあるってパンフレットに書いてあったじゃん？　ゴルフってやってみたいけど、打ちっ放しの経験もなしにいきなりってのは無謀《むぼう》かなぁ？」

「ショートコースなら平気なんじゃないか？　もっとも、俺もゴルフなんてやったことがないからなんとも言えないが、誰だって初めてはあるんだし、恥をかくのも一人じゃないなら心強いだろ？」

「旅の恥はかきすてって言うし、何事も経験だよな」

そこで裕美の腕に一層引っ付く必要なんてないんだけどさ。でも、裕美ってば嫌がらねーんだもん。折角《せっかく》の機会はフルで活《い》かさないとね。『この暑い中、何考えてやがる、このマゾが！』って感じでイチャついてるカップルってのは、見てる分には不快《ふかい》指数ＭＡＸぶっちぎりって感じなんだけど、やる分には気分いいもんだったりするんだよ。実際、俺達以外にもベタベタ引っ付いてるカップルっているし。

「だったら、先ずは果樹園に行って、次にゴルフだな」

俺の意見をそのまま決定事項にした裕美に、俺は小首を傾《かし》げてみせた。

「裕美は？　俺だけじゃなく、裕美は何がしたい？」

「由……ユキがしたいことがいい。おまえが喜んでくれれば、俺はその分まで楽しいだけじゃなく嬉《うれ》しくなれるからな」

うっ、なんて完璧《かんぺき》な答え。これが『ユキがしたいことでいい』って言われたら突っ込みようもあるんだけど、『ユキがしたいことがいい』って言われた上に、補足が砂糖にメイプルシロップ掛けたみたいで、恋人としちゃこれ以上の答えって望めないよ。

でもさ、なんてーか……『で』と『が』の違いって、もしかして結構大きい？ 今までそんなの考えたことなかったけど、さり気なく『が』の方を遣って言った裕美が、俺もすっごく嬉しい。なんかさ、なんてーかさ、もし裕美と一緒に喫茶店入って裕美がコーヒー頼んだら、『俺もコーヒーでいいや』じゃなく『俺もコーヒーがいいや』って自然に出てくるような恋人になれたらいいな。だって、付き合うのが裕美で良かったんなら、サーチしてた女の子の中から恋人を見つけることも可能だったんだろうけど、俺は裕美が良かったから他に恋人なんて見つけられなかったんだよね。うん、やっぱ『で』と『が』の違いって大きいわ。

「おい、急に黙りこくってどうしたんだ？」

腕に貼《は》り付《つ》いてる俺を覗き込みながら尋《たず》ねてきた裕美に、俺はハッと我に返ると悪戯《いたずら》めいた笑顔を浮かべてみせた。

「あなた色に染まる時の、些細《ささい》な言い回しの重要性を考えてたんだよ」

「はぁ？」

「おっ、今の言い回しって俺ってばポエマー」

くすくす笑いながら答えた俺は、やっぱりハイテンション？ そんな俺に裕美は怪訝《けげん》そうにしながらも、余計な突っ込みを入れてくる。

「ポエマー？ おまえの勉強見てる時に歴史系の次に英語が弱いとは思ってたが、詩人のことを言ってるんだったらポエットだぞ」

こ、こいつ〜っ。こんなとこで突っ込みを入れてくるあたり、さっきのは偶々《たまたま》『で』が『が』になっただけだったのかな？　でも、まぁ、いいか。そんなとこにまで気を配りたいってぐらい、俺が裕美を好きってことが一番大事なんだもんな。

俺は貼り付いてる裕美の二の腕にそっと唇を押し当てた。

「よ…由樹？」

ははっ、裕美ってばいきなし腕にキスされたことに狼狽《うろた》えて、ユキから由樹に戻ってやんの。

俺は裕美と組んでいる腕に添えていた手を拳《こぶし》に握《にぎ》って、元気に振り上げた。

「っしゃー、果樹園行って鱈腹《たらふく》フルーツ食うぞー！」

そんな俺に、裕美は訳がわからないという表情をした後、それでも優しく微笑《ほほえ》んだ。


果樹園行って、見たこともなけりゃ名前も知らないフルーツ食って。初めてゴルフやって、ラケットボールなんてのも初めてやって。こりゃ、他の誰かと来たんでも充分楽しかったと思うけど、一緒に遊んでるのが裕美だから、その何倍も何十倍も楽しい。

もしかして、ガキの頃に缶蹴《かんけ》りしたとか野球したとかじゃなく、こんなふうに裕美と遊ぶっての自体が初めてなんじゃないか？

遊び場所を移動するたびに、俺はしっかり裕美の腕に貼り付いた。そうするたびに遊ぶのが楽しいだけじゃなく、裕美と堂々恋人できる今の状況までを満喫《まんきつ》する。

「次は何する？」

声を弾ませて聞いた俺に、裕美は軽く溜息をついた。

「おまえ、いつもの体力のなさは何処《どこ》行ったんだ？」

「あれ？　そこまでハードに運動してる？」

「してなかないと思うぞ」

そっかぁ？　ん〜、言われてみると結構な運動量かもしれないけど、疲れるよか楽しいのが上なんだもーん。

「あ、もしかして、裕美の方がバテてる？」

ふとした思いつきで言った俺の額を、裕美は指先でピンと弾《はじ》いた。

「おまえより先にバテてどうする？　ただ、もういい時刻なんじゃないかと思ってな。そろそろ夕飯食って部屋に戻らないか？　随分《ずいぶん》と汗もかいたし、今度こそ俺は風呂に入りたい」

言われてみれば、景色を赤く染めていた夕陽がほとんど沈《しず》んでしまってる。この時期だと、もしかしてもう七時過ぎてる？　メシ済ませてから部屋戻って風呂入ってってって考えると、確かにいい時刻かも。

「そうだな。まだ遊び足りなくはあるけど、しゃーないか」

「チェックアウトは正午までにってことだから、早起きすれば明日も遊べるさ」

俺達は中庭を通ってホテルに戻ることにした。中庭を通って戻った方が近いから、そうしただけだったんだけど……。

「う…わぁ。このホテルに感心するとこ、もういい加減残ってないと思ったんだけどなぁ」

俺は呟《つぶや》くようにして言った。遊び疲れでテンションが低くなったってんじゃなくて……なんてーの？　相手に訴えるってより、自分の中から自然と感動が口を突いて出た時って、溜息がうっかり音になったって感じになるんだよ、俺も今知ったんだけど。

そう、これは感心ってより感動。夕陽の赤が消えてなくなる寸前に夜の黒と絶妙なバランスで見せるコントラスト。そこに中庭をライトアップする人工の光……やわらかな黄色が景色を浮かび上がらせてる。なんか写真でも見てるみたいで、でも、これが写真じゃないってのがすごい。だって、俺達ってば今、この写真みたいな景色の一部なんだぜ？

「あれ？　チャペルなんかあるんだ」

「ああ、これだけの規模のホテルだからな。此処で結婚式を挙げることも出来るんだろう」

外国の田舎《いなか》のミニチュアみたいな中庭。池の畔《ほとり》の小さなチャペルで結婚式かぁ。それって、下手《へた》な派手婚よりずっとお洒落《しゃれ》だし感動的だよな。

その時、思い出したように湧き出した感覚。あれ？　この感覚、ホテルに着いた時……部屋で裕美とキスした時も感じた、胸の奥がムズムズするような感覚だ。

だけど、その意味を俺が把握《はあく》する前に、裕美が止めていた足を動かし出した。そうすっと、裕美の腕に貼り付いてる俺の足も自然と動き出す訳で……。

「ところで、メシは和洋中のどれにする？」

メシの話を持ち出されて、俺はあっさりとその感覚の意味を追究するのを放棄《ほうき》した。だって、思い切り運動した後で腹が減ってたからさ。それに、意味がわからなきゃこれまた根拠《こんきょ》もないんだけど、なんとなく腹の虫をＢＧＭにして追究したいことじゃなかったんだよな。

「やっぱ、こーゆうホテルで食うメシなら洋！　絶対フレンチ!!」

拳を握る勢いで言った俺に、裕美が笑った。

「そう言うと思った」

その笑顔がなんだかホッとするようなものに見えたのは、ホッとされる謂《い》われがないんだから、俺の気のせいだろう。まっ、とにかくメシだ。腹が減ってるの自覚しちまったら、もう脳みそはメシのことしか考えられねーって。

俺達はホテルの中にはいると、真っ直ぐにフレンチレストランへと向かった。

前菜《アントレ》は森のキノコのテリーヌ、魚料理《ポワソン》はスズキのパイ包み、肉料理《ヴィヤンド》は牛フィレ肉のロックフォール風味、そしてデザート。

あんな立派なおフレンチのコースなんて、これまた生まれて初めて食ったよ。デートでだって高校生にそんなんは懐《ふところ》に厳《きび》しすぎるし、家族での外食じゃそんないい店連れてってもらえないしさ。

「みんな美味《うま》かったーっ。でも、一番良かったのはデザートだな。パイナップルソースの掛かったココナッツミルクのアイス、美味《うま》かったしトッピングの飴細工《あめざいく》がお洒落《しゃれ》で、もぉ最高！」

レジャー施設だけじゃなく食事までがこんなに楽しい旅行ってのもあるんだな。部屋に戻ってお茶しながら、俺は飽《あ》きもせず楽しい気持ちを裕美に向かって囀《さえず》ってた。

「うちは母さんがあの手の料理をよく作るから、似たようなメニューは結構食卓に並ぶんだが、こういうところで食べるとまた違うものだ」

「ははっ、確かに苑香さんはジャガイモの煮っ転がしなんて作りそうにないか」

「俺はジャガイモの煮っ転がしの方が好きなんだがな」

「あ、じゃあ裕美は中華か和食のが良かった？」

俺が勝手にフレンチって決めちゃったけど、ちゃんと裕美の意見聞くべきだった。今更《いまさら》手遅れなんだけど、反省。そんな俺の表情をどんなふうに受け取ったんだか、裕美がめっちゃ優しい眼差《まなざ》しで俺を見る。

「外で食べるのはまた違うって言っただろう？　中華や和食の方が良ければそう言ってたさ」

「なら、いいんだけど」

「——おまえと二人きりでムード満点の食事だったからかな？　いつも食ってるメシより断然美味かった」

ひ…ひゃ〜っ、裕美ってば何さらりと言ってんだよ？

「そりゃ、プロが作った料理なんだぜ？　いくら苑香さんが料理上手《じょうず》だからって、いつも食ってるメシと同じじゃなくて当然じゃん」

なんて誤魔化してみたけど、こいつは自分がどんだけ気障《きざ》な台詞《セリフ》言ったかなんて自覚してねーんだよな。俺も昼間クサイ台詞吐《は》いたりしたけど、あー、びっくりした、ビックリした！今、絶対に顔が赤くなってる。これじゃ誤魔化した意味ねーって。

裕美は俺の誤魔化しに反論してこなかった。その代わりもっととんでもないことを言い出す。

「さて、食休みも充分取ったし、そろそろ風呂に入るか？」

「OK。で、大浴場と室内露天のどっちにする？　俺、露天風呂って入ったことないから、大浴場行くんだったら共同露天のがいいな」

「……室内露天、一緒に入らないか？」

「え？」

ええーっ!?　い…いや、そりゃさ、共同浴場行くんだったら俺も裕美と一緒に行くつもりだったよ？　男同士なんだし、ヌードなんて何度も見られてるし、見られてるだけじゃなく触られてるし。でも、狭《せま》い風呂に二人きりで入るのってちょっと違うじゃん？　何がどう違うとは言えないし、室内露天も狭いっていうほど狭い訳じゃないいんだけどさ。

酸欠の金魚みたく口をぱくぱくさせて何も言えなくなる俺に、いつもの裕美だったら俺のこの反応で退《ひ》いた気がするんだけど……。

「どうしても大浴場に行きたいっていうんじゃなきゃ、それでいいな？」

うわっ、駄目押し。それとも、これを駄目押しって感じるあたり、俺が意識しすぎなのか？ドキドキっていう自分の心臓の音が耳元でする。恥ずかしいってのとはちょっと違うんだけど、恥ずかしい以外の理由がなけりゃ、断る理由も思いつかない。だから俺はこくんと頷いた。だって、別に、裕美と一緒に風呂入るのが嫌な訳じゃないしさ。そう、全然嫌な訳じゃないんだけど…ね。

……う…う～ん……。

「ふーっ。外灯のあかりで夜にこうやって風呂に入るのもいいもんだ。朝は朝で情緒《じょうちょ》がありそうだがな」

裕美は思いきりリラックスした様子でそんなふうに言う。

周囲を目隠し目的の竹垣《たけがき》で囲んだ室内露天は、シンプルな庭園露天。装飾電灯もお洒落で、本当だったら俺はここでも大はしゃぎしてるとこなんだけど、俺は裕美と一緒に湯船に浸《つ》かりながらリラックスするどころか全身ガチガチ。

「外だと蒸気が籠《こも》らないでくれるのもありがたい。のんびり湯に浸かっていても逆上《のぼ》せにくくていいな」

——俺は今にも逆上せて、鼻血まで噴《ふ》いちゃいそーです。

俺のヌード見られるのも今更だったら、裕美のヌード見るのだって今更なんだけど、こーゆうふうに一緒に風呂入るってのはやっぱ違う。風呂に浸かるのって気持ちいいし、それが露天なら一層で、自然と表情もやわらかくなるものではあるんだけど、大浴場で一緒に入るのとはその表情も微妙に違ったりするんだよ。本当に微妙にしか違わないから、これが友達だったら気がつかない程度のもんなんだけどさ。

——あ〜…と、違うな。多分本当は、裕美の表情に違いなんてないんだ。友達じゃないから……俺の裕美へと向けた感情が友情じゃないから、俺の目が勝手な違いを見てるだけだったりするんだ、きっと。

室内露天の湯船は大浴場に比べたら小さいけれど、自宅の風呂に比べたらずっと広い。友達とだったら、あと一人ぐらい一緒に入ってても違和感のない広さ。だけど、一緒に入ってるのが裕美で、それも二人きりだったりするから、人目も憚《はばか》らずに俺は裕美を見詰《みつ》めることができちゃって、淡い光の中に浮かび上がる裕美を見てると勝手に色々となっちゃう訳だよ。

庭園をバックに湯船でくつろぐ裕美の姿にドキドキする。鍛《きた》え上《あ》げられた身体にポーッとなっちまう。ああ、俺って本当に裕美にハマッてるんだなぁって思う。このところ当たり前みたく二人きりになれる時間があって、でも、その時間は俺にとっては過酷《かこく》な体育会系だったりしたから、うっかりとその時間の嬉しさとか大切さを忘れちゃってたのかもしれない。

裕美が沙貴子《さきこ》と付き合ってるって思った時も、裕美が俺から藤川《ふじかわ》先輩に乗り換えたって思った時も、自分がどれだけ裕美を好きなのか身にしみてわかった筈《はず》なのに、俺ってば喉元過ぎると熱さを忘れちゃうタイプだったみたい。考えてみたら、裕美と両想いになってからだってそんなに経ってないのに、裕美が恋人でいることが当たり前になってちゃダメじゃん。

裕美がすっごく好き。その裕美が俺の恋人でいてくれることが当たり前にならなきゃ、俺はいつだって幸せを実感してられる。いつでも幸せを実感してられるなんて、それこそこれ以上幸せなことってない。

「俺、この旅行来て本当に良かった」

しみじみと言った俺に、だけど裕美は俺の感慨《かんがい》にあっさりと水をさす。

「あれだけ大はしゃぎして遊び倒したんだからな」

そ…そりゃそーなんだけど、でも、今のはそういう意味で言ったんじゃないんだって。その意味を説明するなんて恥ずかしくってできねーけど。……む〜っ。

俺は唇を尖《とが》らせてみせた。幸せを認識したばっかだから、本気で怒った訳じゃない。どっちかってーと、『幸せ』なんちゅー大袈裟《おおげさ》なもんを感じていたことがなんだか恥ずかしくなってきちゃったから、その照れ隠しってヤツ。

でも、拗《す》ねた顔をすれば、裕美はちゃんとフォローしてくれる。

「そんな膨《ふく》れるなよ。ちょっとした言葉の綾《あや》だろ？　俺もこの旅行に来て良かったって思ってたところだったから、同じこと言われてちょっと焦《あせ》ったんだよ」

でも、これってフォローになってない。ってーか、辻褄《つじつま》合ってない。

「旅行に来て良かったって同じように思ってたからって、焦るようなことじゃないじゃん？」

尖らせていた唇を引っ込めてキョトンとする俺に、裕美は微苦笑。

「恥ずかしそうに風呂入る由樹なんてものを見られて、本当に来て良かったなーと思ってたところだったんでな」

え？　あ！　あーっ!!

「こ…このスケベ!!」

真っ赤になって言った俺に、裕美は平然と言い返してくる。

「俺のスケベ度は誰よりも由樹が知ってる筈だろ？」

そりゃ、ま、その……そうかもしれない…けど。く〜っ、一層顔が熱くなるじゃないか！

ここで『まぁね』と冗談ごかしに答えて流せば済むことなのに、俺はそれができなくて……。

だからって『そんなん知らねーよ』とも言えなくて……。

そんな俺に、裕美が湯船の中をゆっくり移動して近付いてきた。

「露天とはいえ、温まりすぎたか？　顔、真っ赤だぞ」

だ…だから、そんなに顔を近付けるなって。もっと赤くなっちゃうじゃん！　それなのに裕美ってば、……え、えっ、ちょっと？

「あ…あの、裕美？」

いきなりふわりと抱き締められて、俺、硬直。湯の中で密着する素肌《すはだ》の感触、いつもと違う体温の伝わり方、一緒に風呂入ってるってだけで逆上せて鼻血噴きそうだったのに、これはヤバイって！　なのに、俺、暴れるどころか身動き一つできない。

その時、耳元に囁《ささや》きかけられた裕美の声。

「なぁ、今夜は最後まで……していいか？」

これこそ鼻血を発射させる台詞！　の筈なんだけど――…。

もちろんドキドキしてるよ。でも、裕美の声が静かで優しかったからかな？　妙に熱くなってた頭の中が、あたたかいに変わったみたいな感じ。あ、こーゆう時って頭の中じゃなくて胸の奥？　ん～、やっぱ頭の中だ。

そーゆうコトへのお誘い受けて、熱が冷めたってーとオイオイなんだけど、それとは違う。

なんてーか……上手《うま》く説明できないなぁ。裕美のお誘いならいつだってOKなんだけど、ほら、俺ってば幸せを認識したとこだったからさ。だから、ここでまたほんわりと幸せを再認識。このほんわりってのが、なんだか深いんだよ。本当、上手く言えないんだけどね。

だから、裕美にも下手な言葉で答えるより、そっと背中に両腕を回して、肩にコトンと頭を預けながら頷いた。

うん、俺こそ今夜は裕美としたい。裕美に抱かれたい。こんなふうに抱かれたいと思ったのも初めてだから、それこそ最後までしてくれなきゃだよ。な、裕美？

身体を洗うのもそこそこ、俺達はベッドへ直行。バスタオルで身体を拭くのもそこそこだったから、ベッドのシーツがしっとりと湿る。けど、そんなのは気にもならない。

「……ふ……ん…っ……」

覆《おお》い被《かぶ》さってくる裕美の重みを受け止めながら、俺達は思いきりHなキスをする。俺の口腔《こうこう》を掻《か》き回《まわ》す裕美の舌。だけど、その動きは情熱的ってよりもあくまで濃厚。俺を味わい尽くそうって感じでゾクゾクするから、俺も負けないぐらいに裕美を味わう。

二度目のキスまでは間があったけど今じゃキスは何度もしてるし、すっかり触り魔になった裕美に何度も触られてもいるけれど、こんなふうにマジに抱き合うのは初Hの時以来だ。っていうか、初Hの時以外は一度も最後まではやってない。

『最後までさせてくれるなら、いつだって最後までしたい』

そんなふうに裕美は言っていたけれど——……。

初Hから一ヶ月ちょっと。触られて……その……抜かれちゃったこととかも何度かあるのに、最後までいってなかったってのは、大体が裕美の部屋でやってたからだ。いくら苑香さんがボーッとした人で、部屋に鍵《かぎ》もつけたからって、落ち着いてなんてできないよ。そんでも抜かれてりゃ大したもんって気もするけど。

「ふ…ぁ……」

クチュリと音を立てて裕美の唇が離れ、俺達の唇を細い糸が繋《つな》いだ。

「今日はユキって呼ばなくてもいいよな、由樹？」

そう聞いてきておきながら俺の返事を待たず、裕美の唇が俺の頰、顎《あご》、首筋へと伝い下りていく。それはやがて乳首へと辿《たど》り着《つ》き、舐《な》められ吸われ転がされ、もう一方の乳首もくすぐられ、すり潰《つぶ》され、つねるように刺激されて……。

「ん…っ……ふぁ……あ……」

恥ずかしいとか言ってられないぐらいゾクゾクする。声が抑《おさ》えられない。唇では乳首を集中的に攻めながら、裕美の手が俺の身体中を撫《な》で回《まわ》し、一層ゾクゾクした感覚を煽《あお》り立《た》てていく。

「あ……ひろ……み……変……なんか変…だ……これ……」

妙に穏やかな愛撫《あいぶ》はねちっこいとも言えるもので、俺は裕美の下で身体をモゾモゾさせた。

「変になってみてくれ。そういう由樹が見てみたい。もっと声も聞きたい」

ば…馬鹿！　けど、これはマジに変になるって。初Hの時も感じたけど、これはそのレベルじゃない。裕美に触られてイッちゃった何度かも、触り方だけで言えば初Hの時よりもいやらしかったんだけど、これはそーゆうレベルでもない。

さっきのキスもだけど、俺、全身を裕美に味わい尽くされてる。ねちっこいぐらいの愛撫で俺を感じさせて、裕美は俺の身体だけじゃなく反応や声までを味わっている。

それこそが俺にとってはとんでもなく恥ずかしいことの筈なんだけど、そんな裕美の執着《しゅうちゃく》の方が嬉しい。裕美にそんなにも好きでいてもらえることが嬉しくて、俺はもっともっと感じてしまう。

乳首を唇で刺激されて、身体中を撫で回されてるだけでそんなだったのに、いつしか裕美の唇は俺の乳首を離れ、舌先で臍《へそ》をくすぐった後、その下へと——…。

「……え……？」

う…嘘！　だって、そんなっ!!

「ダメ…だ、裕美！　そ…こは…っ!!」

俺は咄嗟《とっさ》に裕美の髪を鷲掴《わしづか》んでそこから引き離そうとした。だけど、裕美は離れるどころか、そこに歯を立てて俺の抵抗を封じる。

嚙《か》まれたって言っても痛いほどじゃなかったそれは、強烈な刺激。乳首舐められて、身体を撫で回されるだけでも充分感じてたのに、そんなとこを裕美の口でされたら、俺、マジにどーにかなっちゃうよ！

「ひぁ…っ！　ダ…ダメ……裕美!!」

裕美の手では何度も感じさせられて達《い》かされたことのあるそこは、初めて含《ふく》まれた裕美の口腔の濡《ぬ》れて熱い独特の感触に一気に暴走。

——信じられない、裕美が俺のそんなとこを、口で、なんて……。

その舌の動きはヤバイって！　吸うなよ、馬鹿！　わーっ、馬鹿馬鹿馬鹿っ!!

パニックのあまり思考は色気もへったくれもなくなってるのに、俺の身体は浅ましいぐらいにその快感を貪《むさぼ》る。だからこそ、ヤバイって！

「ダメ……嫌…だ、裕美！　イッ…ちゃう……おまえの口…の中……出しちゃう…って!!」

身悶《みもだ》えながら慌《あわ》てる俺に、だけど裕美はやめてくれるどころかその下にある膨らみまでをやわやわと揉《も》みだしてきて……。

「嫌……ぁ…ああ——…っ…!!」

俺は悲鳴のような声を上げて果てた。耳の遠くでそれを飲み下す音が聞こえる。う…嘘だろ？　裕美ってば、口で俺を抜いただけじゃなく、それ……飲んだのかよ？

裕美に飲んでもらえた…なんて、そんなふうに喜ぶよりも混乱する。これは嬉しいとか嬉しくないって問題じゃない。それなのに、裕美の信じられない行動はそれにとどまらなかった。

「ひゃ…っ⁉」

両足を大きく広げた状態で赤ん坊が襁褓《おむつ》を替えられるようなポーズを俺に取らせた裕美は、あろうことかその奥にまで唇を寄せ、そこを舐めて、濡らして、舌まで差し込んでくる。

「嫌……嫌…だったら、裕…美……やめ…っ……」

羞恥《しゅうち》なんだか嫌悪なんだかわからない。そのどちらでもないのかもしれない。けど、そんなことまでできるほどの裕美の気持ちに喜べる余裕なんてない。だって、そんなとこを舐められて、そんなふうにされるなんて……。

「嫌…ぁ……ぁ…ぁ…ぁ……」

ブワッと勢い良く涙が溢《あふ》れ出《だ》した。でも、溢れた涙の意味すら俺にはわからない。ただ、堪《たま》らなかった。だって、自分でだって触るどころか見たこともないそんな場所を舐められて、裕美の舌まで含ませられてるなんて……。

裕美の舌に、固く締まっていたそこが解《ほぐ》されていく。抜き差しされる濡れた軟体《なんたい》動物のような舌の感触に、そこがチリチリと熱くなって全身にゾワッと鳥肌が立つ。一概《いちがい》に不快感とは言えなくても、快感とも言えないそれに、俺はどうしていいかわからなくて、もう泣くしかない。

それでも、身体的にはやっぱ快感だったのかな？　裕美の口で抜かれたそこは、いつのまにかまた立ち上がり、いつしか俺の唇も嫌がってるとはとても思えない声を漏らしだしていた。

「んん……はぁ……あ…あぁ……」

涙は止まらなかったけど、その涙の意味が身体の反応とイコールで繋がりだした頃、ようやく裕美がそこから離れてくれた。

「ひ…裕美…ィ……」

涙だらけになって息を荒《あら》らげてる俺に、裕美はキスしてきそうな素振《そぶ》りをしたものの、俺のモノを飲んだだけじゃなく、あんなとこをあんなふうにしていた口でキスするのが憚《はばか》られたのか、不自然な軌道《きどう》で俺の耳元に顔を寄せた。

「泣くな。そんなに嫌だったか？」

嫌だったよ！　だって、あんなとこ……嫌じゃない奴《やつ》なんていないだろ？　そんでも、改めて聞かれると、嫌だったとは言いにくい。

答えない俺に、裕美は言い訳のように言葉を重ねてきた。

「前の時みたく、おまえに怪我をさせたくなかったんだ。わかれよ、な？」

そして、ゆっくりと裕美が俺の中に入ってくる。その言葉の通り、俺を傷つけないように細心の注意を払いながら……。

「……あ…っ、裕…美……」

「まだ痛かったか？」

遮二無二《しゃにむに》しがみつく俺に、裕美が心配そうに聞いてくる。俺はふるふると頭《かぶり》を振った。

実際に、信じられないぐらい痛みはない。その代わり、じわじわと分け入ってくる裕美の太さや硬《かた》さ、熱さが途轍《とてつ》もなくリアルに感じられて、なんだか……なん…だか……。

「は…ぁ……」

裕美が総《すべ》て収まりきった時、無意識に俺が漏らした熱い吐息《といき》。それにピクリと反応した裕美が、様子を窺《うかが》うようにしながら腰を前後に動かし出す。そうすると裕美に擦《こす》られるそこが、痛いどころかむず痒《がゆ》いような変な熱さを全身に広げてきて、俺の腰までがついつい動き出す。

「裕……裕美…っ……」

「感じてるのか、由樹?」

「ん…あっ……一々んなこと…聞く…な……馬鹿」

俺達は強く互いを抱き締め合って、腰を使い合った。

堪んない。コレ、堪んないよ。おかしくなる。もぉ、溶けちゃいそ。

「あ……んっ……イ…イイ……イイよォ……裕美…ィ」

「由…樹!　由樹!!」

俺のモノを飲まれたことも、今裕美を含んでいるあんなとこを舐められたことも、もぉどーでもいい。俺は裕美の唇を自分から求めて激しく貪《むさぼ》った。そうすると、呼吸がかなり苦しかったけど、それもどうでもいい。訳がわからない。でも、それすらがどうでも良くなった。

これが本能っていうのかな？　俺ってばこんなに淫乱《いんらん》だったのかよ？　と自分を罵《ののし》りたくなるぐらいの激しさで、裕美を貪った。もっとも、この時は自分の淫乱さを自覚するどころじゃなかったんだけどね。

「いく……出…るっ!!」

「俺…もだ……」

「ふぁ……す…好き……好きっ、裕美!!」

「由…樹……!!」

——俺が放った瞬間、俺の中も裕美の放ったそれに満たされた。

二人でハァハァと荒い息を吐《つ》き合《あ》って、だけど、一度火がついた身体はそれぐらいじゃ収まらない。そんでもって、夜はまだまだこれからだった。

いつのまに眠りに落ちたのかわからない。気がついたら、もう朝の九時を回ってた。

「起きたのか、由樹？」

寝起きでボケボケしてる俺を、裕美が覗き込んでくる。あー…っと、そうか、昨日はあのまま一つのベッドで眠っちゃったんだ。裕美もまだ裸ってことは、俺が目を覚ますのとタッチの

差で起きたのかな?

「モーニングバイキング終わっちまったけど、どーする? それに、風呂、もう一度入らない訳にもいかないし、今から食事してたら、大して遊ぶ時間はないな。本当は俺が起きた時におまえも起こせば良かったんだろうが、気持ちよさそうに眠っていたから……」

あれ? じゃあ、裕美ってばもしかして、随分《ずいぶん》早くから起きてた…とか? だったら、起こしてくれて良かったのに……。

頭の片隅でそんなことを考えながらも、俺は裕美の裸の胸にすりすりと擦り寄った。

ふわりと鼻孔《びこう》をくすぐる裕美の匂《にお》い。途端、頭の隅っこで考えていたことなんて霞《かすみ》のように消えた。

「メシも遊ぶのもどーでもいー。ギリギリまでこーしてる」

そーいや、俺、初Hが終わった時も甘えたいモードになってたよな。あの時は裕美に冷たくスルーされちゃったけど、今回は俺の甘えモードに付き合ってくれるらしい。擦り寄る俺をやわらかく抱き締めて、裕美は何度も俺の髪にキスを落とす。

んー、いいなぁ、こーゆうの。またとろとろと眠くなってきた。

実際、自然と瞼《まぶた》が落っこちてきたところで、俺の髪に顔を埋《うず》めた裕美が心底ホッとしたような吐息を漏らす。

「――今回は、大丈夫そうだな」

「ん？　何が？」

「身体。また未熟者なんて言われたら、再起不能だった」

それに俺はほとんど落ちていた瞼と一緒に顔を上げた。

「お…まえ、まだそれに拘《こだわ》ってたのかよ？」

裕美は、少しだけ拗ねたような困った顔をする。

「拘ってたっていうか……前回の轍《てつ》は踏みたくなかった。まぁ、練習した甲斐《かい》はあったな」

「れ…練習？　誰とっ⁉」

聞き捨てならない台詞に、形相《ぎょうそう》を変えて声を荒《あら》らげる俺に、裕美は可笑《おか》しそうに笑った。

「おまえと。散々触って練習してただろ？　あれだけ触らせてもらってても中々最後までいく勇気がなかったってあたり、やっぱり拘ってたのかもしれないけどな」

あ、そーゆうこと。ふー、ビックリした。あれ？　じゃ、裕美は苑香さんの存在が気になって最後までしなかった訳じゃなかったのか。

最後までさせてくれるなら、いつだって最後までしたいって言ってたのに、苑香さんのせいじゃなくそーゆうことで最後まで行けずにいたんだったら、俺、そんなに裕美を傷つけちゃってたのかな？

「ごめん、俺……」

「おまえが謝ることじゃない。無茶やった俺が悪かったんだから」

う〜……まぁ、それはそーなんだけど……。

なんかシュンとしてきちゃう俺に、裕美は微苦笑して言葉を重ねた。

「昔からおまえが好きで、そのおまえを抱けるってんであの時は頭に血が上りすぎた。そりゃ、今でもおまえに触るたびに頭に血は上るんだが、あれだけ触らせてもらえれば少しぐらいは余裕も持てるようになる。折角《せっかく》手に入れた由樹だ。思いきり大事にしたいから、慎重にもなるさ」

う…うわー、うわーっ、なんつぅ殺し文句！　これだけで殺されるにゃ充分だったのに、裕美ってば！　裕美ってばっ!!

「特にこの旅行はホテルの雰囲気《ふんいき》からして……その……し…新婚旅行みたいだったから、一層大事にしたくなった。本当は、昨日あのチャペルでそーゆう誓《ちか》いなんかを立てられれば完璧だったんだろうがな」

——俺、死んだ。

恥ずかしい台詞に照れて憤死《ふんし》したんじゃない。堅物《かたぶつ》のくせにこーゆう台詞をナチュラルに言えちゃうのが裕美なんだから、恥ずかしくも痒《かゆ》くも感じないし、好きな人にここまで言われたら死ぬぐらい感動だって。もぉ、俺、裕美の殺し文句にしっかり殺されちゃったよ。

それに……わかった。この部屋に一歩入った時から感じてたムズムズした感覚。そう、それだったんだ。俺達、同じこと感じてたんだ。なのに、痒いなんて思う筈ない。

俺はもう一度裕美の胸にすりすりと擦り寄った。

「そんな色々なこと、一度にしちゃったら勿体《もったい》ないじゃん。結婚式は今度の楽しみにとっとくからいいよ」

「……そうか」

「だから、結婚式するより前に俺のこと嫌いになっちゃダメだぞ？」

「なる訳がないだろう？」

「わかってっか、裕美？　結婚式って、『死が二人をわかつまで』って誓うんだからな？　結婚式までに俺のこと嫌いにならなかったら、一生嫌っちゃダメなんだぞ？」

その誓いが絶対のものなら成田離婚なんてある筈ないんだけど、そんでも俺ってば結構マジに言ってみたりして。

それに裕美は、

「おまえこそ」

と小さく呟いて、優しいキスを唇にくれた。それはまるで結婚式の誓いの予行演習みたいなキスだった。


結局、俺達はチェックアウトの時刻ギリギリまで部屋でイチャイチャして過ごした。

帰りの電車の中で、裕美が、

「さて、これで帰ったら由樹は宿題地獄《じごく》だな」

なんていきなし嫌なことを思い出させてきやがったけど、そんなことじゃ今の俺はへこたれない。夏休み初頭に俺としちゃ超珍しく宿題に手をつけ出しちゃいても、裕美とのことが落ち着いてからは一度も手を出してないから、宿題地獄は避けられない運命なんだけど、今はその辺、スパッと現実逃避。あー、いい旅行だった。顔が緩む緩む。

そんでもって、俺の家の前での別れ際に裕美がふと思い立ったように聞いてきた。

「そーいや、あのアンケート、おまえはなんて書いたんだ？」

そう、今回の旅行ってリゾートホテルのモニターだった訳だから、帰りにアンケートなんてもんを書かされたんだよね。んで、それを書いてる時、俺がしっかり腕でガードして見えないようにこそこそと書いてたもんだから、裕美ってばちょっと気になってたらしい。

ホテルのアンケートなんて、隠して書くようなもんでもないもんな。でも……。

「ヒミツだよーん。んじゃ、お世話様。またな」

「え？　おい、由樹？」

超イチャイチャだった旅行の締めとしてはあっさりしすぎな態度で、俺はひらひらと手を振ると、さっさと家の中に飛び込んだ。

だってさ、突っ込まれたら恥ずかしいじゃん。いくらなんでもホテルのアンケートにでっかく一言『超幸せ♡』って書いてきたなんてさ。

考えてみたら、ホテルとしちゃアンケート取った意味のない答えだよなぁ。でも、それが俺の一番正直な感想なんだからしょーがない。

だって、幸せ。超幸せ。

靴を脱ぎながらまだニヤニヤしていると、そこに迪瑠《みちる》が階段を下りてきた。

「あれ？　帰ってたの、ユキ」

「うん、たった今ね」

「ふーん。で、お土産《みやげ》は？」

「……は？」

土産？　やべーっ、すっかり忘れてた。裕美の奴、苑香さんには買ってたっけ？　うわ～っ、知らねーぞ。我家《うち》はいーとしても、苑香さんに土産買い忘れてたら絶対ヤバイって。

「あんた、一人でいい思いしてきて、まさかお土産買ってこなかったなんて言わないわよね？」

「一人でいい思いって……迪瑠だって先月イタリア行ってきたじゃん」

「あたしは自分のお金で行って、お土産も買ってきたわよ？」

……うっ。もしかして、この旅行のオチってコレ？　いや、これは蛇足だ、蛇足！

「ユ～キ～っ」

とにかく幸せ！　俺は今、超幸せってことで!!

あとがき

篠野　碧

はじめましての方も、こんにちはの方も、このたびはこの文庫をお手に取ってくださってありがとうございます。

表題作の『晴れた日にも逢おう』と『明日の天気予報』は、初めての読み切り連作でした。雑誌に続篇を掲載していただくのは、文庫に収録していただく続篇とはまた勝手が違い、なんだか妙にドキドキしながら書きました。

そして、これは私の五冊目の文庫になります。

か…片手が埋《う》まっちゃいました！　ビックリ!!　これも読んでくださる皆様のお陰です。本当にありがとうございます。

今回も当然のことながら、今まで文庫五冊分の沢山の方々にお世話になってきました。

文庫五冊総《すべ》ての挿絵《きしえ》を担当してくれた、みずき健ちゃん。今回も挿絵だけじゃなく、作品の相談にも乗ってくれてありがとでした。お世話になりっぱなしの甘えっぱなしでごめんね。どうかこれからも公私ともに宜《よろ》しくお願いします。

担当の斎藤さんにも、いつもお世話かけまくってて申《もう》し訳《わけ》ありません。「裕美のモデルがあの、人だって、私はなんで聞いちゃったんだろ～？」と後悔しまくる斎藤さんは、――すみません、ちょっとだけ面白《おもしろ》かったです。これからもそーゆう後悔を齎《もたら》しそうな気がしてなりませんが、懲《こ》りずに面倒見ていただけると嬉《うれ》しいです。

（という訳で、担当さんだけじゃなく健ちゃんも驚かせた裕美のモデルはヒミツです／笑）

　編集部の皆様をはじめ、事あるごとに「色々な方にお世話になってるんだなぁ」と思います。新書館さんでデビューさせていただいて早三年。いつもどうもありがとうございます。これからも何卒《なにとぞ》宜しくお願い致《いた》します。

　――う～ん、今回は見事なぐらいお礼であとがきがほとんど埋まってます。まぁ、五冊目＝一つの節目ということで。

　最後にもう一度、これを読んでくださった方にありがとうございます。私の作品を読むのが二度目、三度目、……文庫五冊全部読んでくださってるという方には、感謝してもしきれません。今回の作品はいかがでしたか？　少しでも楽しんでいただけてたら嬉しいです。相変わらず修行中の身ですが、精進《しょうじん》しますので今後ともお付き合いいただけましたら幸いです。

二〇〇二年　菊月

篠野　碧

高校生がカップルでリゾートホテルで
豪遊なんて……ずるーいッッ
いいな――ッ!!
ゼータクよゼータクっ!!
懸賞で当たったとはいえ!

晴れの日にも逢おう《はれのひにもあおう》

この本を読んでのご意見、ご感想などをお寄せください。
篠野 碧先生・みずき健先生へのはげましのおたよりもお待ちしております。
〒113-0024 東京都文京区西片2-19-18 新書館
[編集部へのご意見・ご感想] ディアプラス編集部「晴れの日にも逢おう」係
[先生方へのおたより] ディアプラス編集部気付 ○○先生

初　出
晴れの日にも逢おう：小説DEAR+ Vol.6 (2001)
明日の天気予報：小説DEAR+ Vol.7 (2001)
晴れのち晴れ：書き下ろし

新書館ディアプラス文庫

著者：**篠野 碧** [ささや・みどり]
初版発行：**2002年10月25日**

発行所：株式会社**新書館**
[編集] 〒113-0024 東京都文京区西片2-19-18 電話(03)3811-2631
[営業] 〒174-0043 東京都板橋区坂下1-22-14 電話(03)5970-3840
[URL] http://www.shinshokan.co.jp/
印刷・製本：**図書印刷株式会社**

定価はカバーに表示してあります。乱丁・落丁本はお取替えいたします。
ISBN4-403-52061-8

DEAR+ CHALLENGE SCHOOL

＜ディアプラス小説大賞＞

募集中！

◆賞と賞金◆

大賞◆30万円

佳作◆10万円

◆内容◆

BOY'S LOVEをテーマとした、ストーリー中心のエンターテインメント小説。ただし、商業誌未発表の作品に限ります。

◇批評文はお送りいたしません。

◇応募封筒の裏に、**【タイトル、ページ数、ペンネーム、住所、氏名、年令、性別、電話番号、作品のテーマ、投稿歴、好きな作家、学校名または勤務先】**を明記した紙を貼って送ってください。

◆ページ数◆

４００字詰め原稿用紙１００枚以内(鉛筆書きは不可)。ワープロ原稿の場合は一枚２０字×２０行のタテ書きでお願いします。原稿にはノンブル（通し番号）をふり、右上をひもなどでとじてください。

なお原稿には作品のあらすじを４００字以内で必ず添付してください。

小説の応募作品は返却いたしません。必要な方はコピーをとってください。

◆しめきり◆

年2回　**1月31日/7月31日**（必着）

◆発表◆

1月31日締切分…ディアプラス7月号（6月6日発売）誌上

7月31日締切分…ディアプラス1月号（12月6日発売）誌上

◆あて先◆

〒113-0024　東京都文京区西片2-19-18

株式会社　新書館

ディアプラスチャレンジスクール＜小説部門＞係